SERIE
MILLONARIOS
Vol. 1

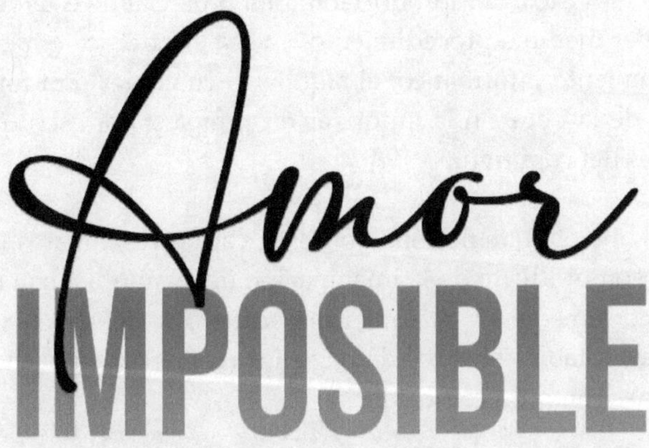

Amor IMPOSIBLE

IRENE MOYA-ANGELER

Título: *Amor imposible. Serie Millonarios I*
© Irene Moya-Angeler 2024
Este libro fue registrado en SafeCreative con el número 2404057569417
Depósito legal: M-10248-2024
ISBN: 978-84-09-60581-1

Corrección: Cora King
Diseño de cubierta y maquetación: Marien F. Sabariego (ADYMA Design)
Imagen de cubierta: Canva.com

Instagram: @irene_moyaa
Tiktok: @irene.moyaangeler

*A mi chica y mis chicos favoritos en el mundo,
porque siempre creyeron que era posible.*

ÍNDICE

CAPÍTULO 1

Minerva

—¡Qué buenos están todos estos tíos! —dice Maggie tras terminar de un trago el botellín de cerveza—. Da gusto comer en la cafetería de los campos de fútbol de la universidad. A ver si hay suerte y se quedan a tomar algo después del partido, así hablamos con ellos.

—Te recuerdo que estoy prometida —contesta Sara, mientras le enseña el anillo que lleva en el dedo anular.

Sara es mi mejor amiga del colegio y la que guarda todos mis secretos desde entonces. Es confiable, sensible y sabe escuchar a los demás. Es ese tipo de gente a la que todo el mundo le cuenta sus cosas casi sin conocerla. De hecho, es psicóloga, y es la única persona en la que confío realmente después de que la vida me enseñara a recelar de todos con dieciocho años, en el último curso del colegio.

Me quito la enorme bufanda roja de lana porque el sol calienta, a pesar de que estamos a principios de diciembre y dentro de poco será Navidad. Hoy es uno de esos días soleados de invierno en Madrid en los que se puede estar en la calle a mediodía porque el tiempo es muy agradable. Aun así, la que se ha empeñado en comer en la terraza ha sido Maggie, mi mejor amiga de la universidad. No solo le encanta ver tíos en camiseta y pantalón corto, sino que, además, fuma, por lo que no había otra opción para ella.

Mis amigas y yo no podemos parecernos menos. Maggie es morena, alta y fuerte a nivel físico y emocional, además de terriblemente clara: no se anda con tonterías. Sara es lo contrario; rubia, pequeñita y muy dulce, siempre con una palabra amable y conciliadora. Yo, sin embargo, soy pelirroja y con el pelo rizado, y me gusta pensar que soy un punto intermedio entre ambas en todo lo demás.

—¿No puedes hablar con hombres? ¿Óscar te ha cerrado ya el cinturón de castidad?

—Él no me prohíbe nada, pero a mí me parece una falta de respeto ligar con otras personas cuando quieres a tu novio. —Me mira y se calla—. Perdona, Minerva, no quería decir…

—Tranquila, te he entendido perfectamente. Tú estás en una relación estable y tradicional. Lo mío es distinto.

—¿Gustavo se ha enterado de que lo vuestro es distinto? Porque a mí lo que me parece es que se está enamorando de una tía que nunca le va a dar lo que él quiere y no lo está viendo venir —me dice Maggie.

—Eso no es verdad. —Dejo la taza de té verde de forma brusca encima del plato.

—Ah, ¿no? Seguro que te pone cualquier tío de aquí más que Gustavo.

—¿De los críos estos? Ninguno.

—¿De verdad no ves aquí a ninguno que te haga mojar las bragas? Solo hay que mirar hacia el campo de fútbol para estar más caliente que la plancha llena de beicon.

—Es que a mí no me ponen los tíos buenos.

—Venga, coño, los tíos buenos ponen a todo el mundo, hasta a los tíos buenos —Maggie se ríe de su propia gracia con ganas.

—Pues a mí, no —le contesto mirándola muy seria, hasta que deja de reír.

—Vale, ¿y qué es lo que te pone a ti?

—Que sean inteligentes, cultos, sensibles, interesantes…

—Y feos —me corta Maggie.

—Ni feos ni guapos. El físico me da igual. Lo que me importa es el interior.

—Sabes que no estamos en la película de *La Bella y la Bestia*, ¿verdad? Que esto es la vida real, y un tío puede estar cachas, tener una polla enorme, jugar al fútbol, como estos de aquí, y, además, ser inteligente y todo lo demás que has dicho.

—Pues yo no he conocido a ninguno —contesto levantando una ceja. Sara me mira fijamente porque sabe que estoy mintiendo, pero no quiero recordar eso, así que le doy la espalda, me giro hacia Maggie, y me pongo intensa en un intento de escapar de la verdad metiéndome más en el barro—. Todos estos pijos que pueden dedicarle mucho tiempo al deporte, porque tienen la vida resuelta, son unos cabezas huecas que no tienen nada que aportarme, aparte de mucho músculo y un interior vacío. Y, perdona, pero a mí eso no me excita nada.

Me tiembla el cuerpo, como siempre que me emociono de esta manera, así que doy un trago largo al té para hacer tiempo y poder serenarme un poco.

—Mejor, todos para mí.

Maggie se levanta, entra en la cafetería, que está toda decorada de Navidad, y se dirige hacia el final de la barra, donde hay unos chicos esperando para pedir. Se pone a hablar y a ligar con ellos sin vergüenza alguna, como es habitual en ella.

Sara se vuelve hacia mí y baja la voz, a pesar de que nos hemos quedado solas y nadie nos puede escuchar.

—Minerva, ¿qué pasa? Ya no estamos en el colegio, y Maggie es tu amiga, no quiere hacerte daño, al contrario…

—Ya lo sé.

—Si le contaras lo de Jaime, te entendería mejor. Es que sin contexto es muy difícil…

—Sara —la interrumpo—, ahora no, por favor.

Me voy dejándola con la palabra en la boca, y mientras camino rápido hacia el edificio de posgrado en el que doy clase, voy pensando en que no tengo ganas de escuchar su charla de siempre. La vida es muy bonita cuando tienes un novio maravilloso que te quiere y al que tú amas por encima de todas las cosas. No digamos ya si, además, tienes el trabajo de tus sueños. Supongo que te hace sentir que puedes dar consejos a todo el mundo, pero no es lo que necesito ahora.

No quiero que me recuerden que me acaban de colocar a dedo como profesora sustituta en un máster de niños ricos, a los que ya sé que no soporto. Además, tengo un lío sin futuro con mi director de tesis, que me resta toda credibilidad profesional en la universidad.

Sara me dice que no renuncie a mis sueños, pero para mí no es tan sencillo: tengo una madre con Alzheimer necesitada de cuidados continuos. No puedo arriesgarme a perder un trabajo que, por mucho que no me llene, me aporta unos ingresos fijos, aunque estos sean bajos. Está claro que el sistema no me lo pone fácil.

Además, tenemos las navidades ya casi encima y no tengo más familia en la que apoyarme. Este año las festividades van a ser especialmente duras y tristes para mí. Menuda mierda tan grande. Soy consciente de que mi madre me necesita fuerte, pero no sé si voy a poder con todo sin venirme abajo.

Cuando era una cría, daba por hecho que con veinticinco años sería una prestigiosa guionista y estaría con un hombre maravilloso, que me querría como Humphrey Bogart a Ingrid Bergman en *Casablanca*. Sin embargo, mi vida es un desastre y presiento que solo va a ir a peor.

CAPÍTULO 2

Piso a fondo el acelerador de mi Porsche 911 y le pido a Siri que corte la llamada entrante. Paso de hablar con mi padre porque ya sé lo que me va a decir y no quiero que nada me estropee un día que ha empezado muy bien.

Esta tarde tengo clase de un máster en Dirección y Producción de Cine que estoy haciendo en la Universidad Complutense de Madrid. Es lo que siempre he querido estudiar y si escucho lo que él quiere decirme, me va a amargar. Lo sé porque no sería la primera vez que ocurre.

El móvil vuelve a sonar, así que le doy a colgar de nuevo y subo la música de la radio.

Nada, no va a parar hasta que se lo coja. Me rindo con un suspiro y acepto la llamada.

—Dime, papá.

—¿Estás idiota o qué te pasa? —pregunta con tono de rabia y mucho más alto de lo que me gustaría.

—Me encanta hablar contigo por teléfono —contesto con ironía. A ver si entiende que no le cojo el teléfono para no tener que aguantar sus malas formas. No soy uno de sus empleados, aunque para él todos lo seamos.

—Conmigo no te hagas el gracioso —gruñe—. Creía que el otro día habían quedado muy claras las cosas. —Está más cabreado de lo que esperaba.

—Cristalinas.

—¿Entonces, por qué me ha llamado Norberto para decirme que has roto con su hija y, encima, en estas fechas?

—Ya lo hemos hablado muchas veces, papá —respondo con hastío—: Cayi se pasa los partidos de polo mirando a Nacho porque no está enamorada de mí. Ese no es el tipo de matrimonio que quiero, no puedo más.

—¿Ya estamos otra vez con la tontería esa? —pregunta casi a gritos.

—Para mí no es ninguna tontería. —Freno en seco al llegar a un semáforo en rojo—. No quiero estar con una chica solo porque nuestros padres tienen un interés económico detrás de nuestra unión. No me gusta ser una marioneta, quiero tener mi propia vida y, además...

—Es mucho más que eso —me interrumpe—: ella te va a dar el título nobiliario que te falta. Con veinticinco años ya eres mayorcito para saber cómo funciona el mundo: el matrimonio es un contrato, una alianza para la vida. El amor solo es para los pobres y las películas de Hollywood, esas que te tienen el seso sorbido.

—No sé si puedo con tanto romanticismo. —Aprieto fuerte la palanca de cambios para meter primera y salir del semáforo.

—Guárdate tu sarcasmo para tus amigos, yo soy tu padre —dice, molesto—, me debes el máximo respeto.

—Además, ¿quién ha dicho que yo *necesite* —marco mucho esa palabra aposta— un título nobiliario?

—Me da igual que no lo entiendas y más aún tus no necesidades de crío. He invertido una fortuna en el proyecto de la nueva urbanización, y si Norberto no consigue la recalificación de los terrenos y los permisos, nos arruinamos. Aquí el único que piensa en el bienestar de la familia soy yo. Mientras, tú te dedicas a vivir despreocupadamente como un adolescente a costa del dinero que yo gano matándome a trabajar.

«Ya empezamos», pienso.

—Siempre dices lo mismo y luego nunca pasa. —Llevo toda mi vida escuchando que estamos al borde de la quiebra y nuestro tren de vida es cada vez más alto.

—Porque le pongo solución a los problemas como un hombre. No como tú, que has tenido una vida tan fácil y llena de comodidades, que crees que puedes seguir viviendo del cuento y que el dinero te va a llover del cielo.

No le contesto porque sé cómo va a acabar la discusión si lo hago.

—¿Quieres darle ese disgusto a tu madre? —presiona.

Resoplo como respuesta.

—¿Eh? ¿Quieres que tu hermana tenga que dejar la carrera en Estados Unidos?

—Nooo —me rindo. Odio cuando consigue lo que quiere con su chantaje emocional de siempre.

Respiro hondo para contener todo lo que pienso sobre esto, algo que nunca me dejará expresar en voz alta. Con él siempre es así: sus deseos son órdenes para los demás.

—Perdón. Tengo que colgar porque estoy llegando a Ciudad Universitaria y tengo el tiempo justo para entrar en clase.

—Clase a la que puedes acudir gracias al trato que hicimos, por cierto, así que no olvides…

Me sé de memoria su cantinela. Me la repite siempre que tiene oportunidad.

—Que este máster te cuesta una fortuna y lo pagas a cambio de que me case con Cayi. Es imposible que se me olvide —le lanzo con sarcasmo.

—Prométeme que la vas a llamar para arreglar las cosas y que vais a estar juntos en la fiesta de Navidad de la embajada de Estados Unidos.

—Te lo prometo.

Eso es todo lo que le interesa a mi padre: quedar bien con la gente rica y poderosa para poder sacar beneficio económico. Siempre se sale con la suya.

Me siento como un gilipollas cada vez que cedo a sus deseos. Si fuese por mí, podrían irse a la mierda él y sus condiciones con el máster. Por mucho que me guste el cine, no me compensa ceder con lo de Cayi. Después de haber conocido al amor de mi vida, todo lo que no sea eso me parece conformarme con migajas. Aparte de que es absurdo, ¿en qué época se cree que vivimos?, ¿en la Edad Media?

Seguro que encontraría la manera de apañármelas sin él y su dinero, pero cuando mete a mi hermana y a mi madre en la ecuación, logra desarmarme. Lleva toda mi vida presionándome para que sea como él y aparque cualquier cosa que me apasione para ser el digno sucesor que espera. Y, claro, eso pasa por unir nuestra familia con la de Cayi para que nuestra solvencia no se vea amenazada.

Menos mal que, por momentos, se parece más al padre que ha sido que al dictador en el que se ha convertido. Con el apoyo de mi madre y a base de mucho insistir he conseguido que incorpore a su *holding* una empresa de comunicación. Me ha jurado que la podré dirigir, pero para ello sus condiciones han sido tajantes: tengo que sacar la mejor nota del máster y casarme con Cayi.

Tendré que conformarme con eso. Es lo más cerca que me permitirá estar de mi verdadera vocación: el cine. Necesito demostrarle que de verdad puedo ser muy bueno con lo que me gusta, cueste lo que cueste, porque él sigue pensando que es un sueño infantil.

CAPÍTULO 3

Minerva

Maggie entra como un huracán en el despacho del departamento cuando estoy consultando el listado de alumnos del curso. «Mierda, hay un Vázquez-Ochoa, con la manía que le tengo a ese apellido. Espero que no me dé problemas», pienso.

—Esta noche tenemos fiesta navideña —dice sentándose encima de la mesa en la que estoy trabajando.

—¿Te importaría usar la silla, por favor?

Maggie es una gran documentalista que viaja por todo el mundo, pero este cuatrimestre está en Madrid para dar clase en el máster. No sé si lo hace por el prestigio profesional o por la morriña de la época universitaria, pero no suele estar mucho tiempo fija en una misma ciudad. Es un alma libre, no se ata a nada ni a nadie.

—No seas borde, que esto es muy importante: uno de los tíos buenos con los que he ligado antes… —Le pongo cara de no tener ni idea de lo que me habla—. Sí, coño, los de la cafetería de las pistas, los deportistas. —Asiento con la cabeza—. Pues es el cumpleaños de uno de ellos, el más cachas, por cierto, y lo celebra esta noche con un fiestón navideño.

—Muy bien, ¿y por qué es eso tan importante para mí?

—Hija, hay que explicártelo todo: porque nos ha invitado. —Salta de la mesa y me apachurra los hombros, muy emocionada.

—No cuentes conmigo.

—¿Por qué? ¿Tienes ya un plan superpedante con el aburrido de tu no novio o amigovio que no puedes cambiar, como siempre? —Se vuelve a sentar encima de mi mesa—. ¿Otro recital de poesía en un antro de Lavapiés? Sorpréndeme.

—Para empezar, no me parece apropiado que vayamos a una fiesta de estudiantes, siendo nosotras profesoras.

—Ya empezamos —resopla.

—Y para continuar, Gustavo no es ningún aburrido.

—¡Ja!

Maggie me mira con una ceja levantada.

—Demuéstramelo: tráelo a la fiesta de esta noche. Sara va a venir con Óscar.

—Y, para terminar —continúo, marcando cada palabra—, no puedo dejar a mi madre sola.

—Eso sí te lo compro, ¿pero no habías contratado a alguien para que la cuidara?

—Sí, pero para venir a trabajar, no para irme de juerga.

Maggie me coge las manos envolviéndolas con cariño.

—Entiendo que tiene que ser muy duro lo que estás viviendo con tu madre, y que necesitas sentir que estás haciendo todo lo que puedes por ella. —Siento un pinchazo en el corazón y se me humedecen los ojos—. Pero también necesitas estar bien tú para poder cuidarla.

Tiene razón. Hace tiempo que me he olvidado de ser feliz y de pensar un poco en mí. Si tuviéramos más familia, mi padre aún viviera o tuviera hermanos, todo sería diferente porque seríamos más para cuidarla. Sin embargo, estoy yo sola en esto y, teniendo en cuenta todo lo que se ha desvivido siempre por mí, ahora que es ella la que me necesita, no voy a ser menos. Tengo que estar a la altura de las circunstancias. Ella se merece todo lo que le pueda dar y más aún.

Suelto la mano del agarre de Maggie para secarme una lágrima traicionera y le sonrío.

—¿Dónde es la fiesta?

—Empieza en la primera planta de Kapital.

—¿Empieza?

—Sí —responde muy animada—, y termina en un casoplón de La Moraleja.

—¿Te has liado con un rico?

—Todavía no, espero hacerlo esta noche. Nunca he probado una polla de rico, ¿será más grande? Ojalá.

Es muy bruta, mucho más de lo que a mí me gustaría, sobre todo con el sexo, pero la quiero mucho. A cualquier otra persona no le consentiría las confianzas que se toma conmigo. Sin embargo, ella ha estado a mi lado en los peores momentos de mi vida y eso no lo olvidaré nunca. Va de dura, cuando en el fondo es un trozo de pan y una amiga leal hasta las últimas consecuencias.

Entonces, hace como si se relamiera y se ríe a carcajadas de su propia broma, lo habitual en ella.

—¡Por Dios, no quiero visualizarte haciendo eso!

—¿Por qué? Si lo disfruto mucho. ¿Tú no?

—Volviendo al tema, no voy a ir con Gustavo a una fiesta de niños de papá rancios.

—¿Porque son ricos ya tienen que ser rancios?

—Los conozco bien: nunca te van a aceptar, solo se juntan entre ellos y no ven más allá de sus narices.

—Claro, tú fuiste con Sara a un colegio pijo por esa zona, ¿no? A lo mejor hay algún excompañero tuyo en la fiesta.

—Si me dices eso, entonces ya sí que no voy.

—¿Tan horribles eran? ¿No se salvaba ninguno? ¿No había por lo menos uno que diera igual que fuera un gilipollas porque estaba buenísimo?

Resoplo y me levanto porque no quiero seguir con esta conversación.

Claro que había uno que estaba buenísimo, pero resultó ser demasiado gilipollas y no se salvó. Ojalá nunca hubiera traspasado la frontera de ser una pringada más que lo admiraba desde lejos.

Recuerdo cuando Sara me dio un rayo de esperanza en algo que siempre se debió quedar en el cajón de lo imposible, porque así era en realidad.

Estábamos en segundo de bachillerato y habíamos terminado los exámenes. No veía el momento de que empezaran las vacaciones de Navidad para descansar de tanto estudio y poder dedicar tiempo a mi verdadera pasión: el cine clásico.

—Minerva, ¿te has enterado ya de lo de Jaime? —me preguntó Sara nada más sentarse a mi lado en el autocar de ruta que nos llevaba de vuelta a nuestro barrio humilde, muy lejos del colegio elitista al que asistíamos.

Me quité el abrigo porque tenía calor, a pesar de que llovía con fuerza, algo habitual en Madrid en diciembre.

—No, ¿qué ha pasado?

—Dicen que Cayi lo ha dejado por su máximo rival en polo.

—¿Su máximo rival en polo? ¿Quién tiene un máximo rival en polo? Estos pijos son unos absurdos —resoplé y me retiré un rizo que caía sobre mi ojo.

—Lo importante aquí es que Jaime está disponible.

—Para mí eso no es nada importante: jamás me liaría con Jaime.

—Mejor, así lo tengo todo para mí —se rio Sara abrazada a su carpeta llena de fotos de actores famosos.

—¿Pero tú crees que un pijo redomado se fijaría en nosotras, que estamos aquí porque somos hijas de trabajadores?

—¿Por qué no? Nosotras valemos mucho. Además, a mí me da la sensación de que él está interesado en ti.

No pude evitar que se me encogiera el estómago.

—Él es el hijo de un gran constructor y un clasista, no sabe ni que existo.

—Pues yo lo pillo muchas veces mirándote.

Noté cómo se me encendía la cara solo de pensar que eso pudiera ser verdad. No, no me podía permitir a mí misma hacerme la menor ilusión con Jaime, el chico más guapo que había visto en mi vida. Eso solo podía terminar conmigo sufriendo.

—¿En qué piensas, en el vestido que te vas a poner cuando te cases con Jaime?

Sara me dio un codazo de complicidad. Decidí no contestarle más y dejarla por imposible. No quería que siguiera y me metiera a mí también sus ideas locas en la cabeza. Sara era una romántica sin solución, pero yo sabía que el cuento de la Cenicienta no sucedía en la vida real.

Además, vale, sí, Jaime era el más guapo del colegio y tenía un cuerpazo porque era un gran deportista, pero también era un niñato, como el resto de sus amigos, que no sabían vivir sin molestar a los demás. Lo que no tenía claro es si iba a aguantar mucho tiempo solo: él siempre tenía novia.

CAPÍTULO 4

Jaime

No me lo puedo creer. Seguramente todavía me queda algo de la borrachera de ayer y estoy alucinando. Quizá llevo demasiado tiempo sin sexo. O será porque cada vez que tengo una crisis con Cayi me vuelvo a obsesionar con Minerva, ¿o es que cada vez que me vuelvo a obsesionar con Minerva tengo una crisis con Cayi?

¿Acaba de entrar Minerva por la puerta? ¿Y nos va a dar clase *ella*? Me giro hacia Borja, que hace el máster conmigo, como otras tantas cosas más, y tiene la misma cara de confusión que yo.

Él no es un cinéfilo, pero su familia tiene un amigo propietario de una productora en Hollywood y quieren invertir en ella. Ya no saben ni qué hacer con el dinero. Borja en realidad no necesita trabajar, pero le apetece hacer esto.

Observo a mi alrededor y el resto de los alumnos está mirando hacia el estrado del aula, hacia Minerva.

No puede ser. Si mi futuro laboral y personal va a depender de ella, me puedo ir despidiendo de hacer cine, ya no digo como director, ni siquiera como productor. Un escalofrío me recorre la espalda.

La clase no es muy grande, seremos unas cien personas. Me he sentado en la última fila, pero el suelo está inclinado, así que estoy en la parte más alta del aula. Las probabilidades de que me vea son muy altas y no estoy preparado para eso.

Me entra un calor horroroso, me quito el jersey y lo guardo en la mochila. Al hacerlo, toco la caja de las gafas y se me ocurre que ponérmelas puede ser una buena forma de pasar desapercibido.

¿Y si me dice algo delante de todo el mundo? Es lo que me merezco, aunque ella no es así. Seguro que no deja de ser una profesional por un imbécil como yo.

Por si acaso, me escondo detrás del portátil como la rata cobarde que soy.

—¿Es Minerva? —me pregunta Borja.

Levanto los hombros como respuesta.

—Está más guapa, ¿no?

No puedo evitar asomar un poco la cabeza para volver a admirarla. Sí que está más guapa, sí. Me gusta cómo le han sentado los años. Todo este tiempo, cuando pensaba en ella, veía a la adolescente que ha sido y ahora tengo frente a mis ojos a una mujer.

Lo que no sé es lo que pensará ella de mí, o qué pasará cuando se dé cuenta de quién soy. Aunque a lo mejor no me recuerda. Es muy probable que yo no haya sido para ella ni una mínima parte de lo importante que ella ha sido para mí.

Siempre despertó mi curiosidad, desde que nos pusieron en la misma clase en bachillerato. Todos decían que era una empollona, pero a mí me parecía que era diferente a los demás y admiraba en ella que nunca se esforzara en disimularlo. No como yo, que lo único que pretendía era gustar a todos y quedar bien. Todos parecíamos unos niñatos a su lado cuando participaba en las clases. A Borja le parecía una friki. A mí, la chica más interesante del mundo.

Nunca me hubiese atrevido a hablarle: ella era la más lista del instituto y yo, un jugador de fútbol que tenía que demostrar más fuerza que inteligencia. Sin embargo, la vida me la acercó para que yo me encargara de alejarla de mí para siempre.

A Cayi no le gustaba nada el cine clásico, así que cuando me dejó por Nacho, en las navidades de segundo de bachillerato, me sentí liberado. Tenía todas las vacaciones por delante para disfrutar de aquellas cosas que había querido hacer y, hasta entonces, no había podido.

Una de ellas era bajar solo al centro de Madrid, por lo que una tarde me animé a ir a la Filmoteca a ver una de mis películas imprescindibles en Navidad: *¡Qué bello es vivir!*, de Frank Capra. No esperaba disfrutar tanto de la experiencia. Cuando terminó la proyección, con el subidón de endorfinas, me fui a la cafetería del Cine Doré.

Me llamó la atención una chica con una boina francesa roja y una gran bufanda de lana del mismo color. Estaba leyendo un periódico y tenía ante sí una taza humeante y una jarrita sobre la mesa a la que estaba sentada. La observé intrigado desde la barra, mientras esperaba a que me sirvieran. Como si hubiera sentido una mirada clavada en su nuca, se giró hacia mí.

Me quedé petrificado. Era ella, Minerva, pero mucho más sofisticada y sexi que en el colegio. Los labios pintados de rojo a juego con el color de su pelo, que brillaba más que nunca. Además, llevaba una camiseta blanca ajustada que mostraba, a pesar de la bufanda, un generoso escote sin sujetador y con unas pecas que me ponían muchísimo.

Me mordí el labio de abajo de forma instintiva.

—¡Hola! —grité mientras subía la mano y la agitaba con alegría.

«¿Qué haces?», pensé, «Estás siendo un pringado. Ni que tuvieras seis años y hubieras visto a Santa Claus».

Minerva hizo un gesto raro que no supe cómo interpretar. Cogí mi botellín de cerveza y caminé hacia ella, supongo que con cara de bobo, porque me tenía obnubilado con lo guapa que estaba. ¡Qué diferencia, de verla con el uniforme a verla con su ropa de calle! Así tenía aún más personalidad.

Cuando estaba a su altura me lancé a darle dos besos. Su olor, mezcla de cítricos y jazmín, me enganchó y me recreé más de lo debido en cada mejilla.

—¿Qué haces aquí? —quiso saber—. No te pega nada.

—Ya, es mi primera vez —le guiñé un ojo y me senté a su lado.

Minerva guardó el periódico, que ocupaba casi toda la mesa, y se echó más té en la taza, sin hacerme ni caso.

—Y tú, ¿has venido más veces? —pregunté, en un segundo intento de iniciar una conversación. No podía perder la oportunidad de pasar un rato con ella fuera del colegio.

—Sí, vengo siempre que puedo. Me encanta poder ver películas que no ponen en otras salas y también poder descubrir cine de otros países que no sean Estados Unidos.

Me quedé absorto, mirando cómo se movían sus labios gruesos mientras hablaba.

—Pues la película de hoy era de Hollywood —dije al fin.

—Sí, pero el Hollywood de los 40 y 50.

—La época dorada.

Por fin me sonrió y sentí cómo mi entrepierna cobraba vida.

—¿Sabes de cine?

—Me encanta el cine, sobre todo el clásico de Hollywood.

—A mí también —contestó con un brillo en los ojos que solo le había visto en clase de Literatura.

Me sentí importante a su lado por primera vez, y esa sensación tan poderosa me enganchó para siempre. Todavía no lo sabía, pero ya estaba perdido y sin remedio.

El subidón me envalentonó:

—Me encantaría ver una película aquí contigo —dije, más como una súplica que como una proposición. Se quedó callada y me dio miedo haberme pasado—. Bueno, solo si tú quieres, no es obligatorio —reculé como un fracasado.

—Claro, si ya te he dicho que vengo mucho, ¿pero no prefieres que te acompañe Cayi?

Se me escapó una risa nerviosa.

—Ella jamás vendría aquí, y mucho menos a ver una película en blanco y negro.

Minerva resopló.

—Además —seguí—, ya no estamos juntos.

—Llevabais toda la vida juntos, ¿no? ¿Cómo lo llevas?

—Mucho mejor de lo que me esperaba. Me siento como si me hubiese quitado una mochila de veinte kilos de la espalda.

—Si ella te oyera decir eso…

Minerva se echó a reír y yo con ella. Qué bien sentaba poder bromear con alguien sobre el tema. Qué a gusto estaba con Minerva. Ojalá no se acabara nunca. ¿Estaría ella sintiendo lo mismo que yo?

CAPÍTULO 5

Minerva

—¡Qué nivel de fiesta! —dice Óscar al ver que en la entrada de la discoteca hay un aparcacoches, además de un Papá Noel tamaño natural y unas guirnaldas enormes que enmarcan la puerta.

—Ya, tío, no pintamos nada aquí —le contesta Gustavo.

—Cariño, qué bien que pueda dejar el coche en la puerta y así entramos juntos. No quería que vinieras conmigo a aparcar con los tacones, ni que me tuvieras que esperar en la puerta. —Óscar mira a Sara con cara de amor total y no puedo evitar poner los ojos en blanco.

—Mira que Maggie sabe de sobra que no nos gustan los rollos pijos —digo cuando salgo del trance que me causa mirar a esos dos—. Ha sido una mala idea venir, ya lo sabía yo. —Cierro el coche de un portazo—. ¡Perdón! —exclamo llevándome la mano a la boca.

—¿Una mala idea que nos salga gratis un fiestón navideño? Yo lo voy a disfrutar. —Óscar le tiende el brazo a Sara, que lo agarra—. ¿Vamos, princesa? —Ella se ríe y avanzan juntos hacia el local.

A veces no sé si el amor de estos dos me da envidia o me empalaga.

—¿Quieres que vayamos al *pub* con tus amigos? —le digo a Gustavo.

—No, hoy habíamos quedado en salir con las chicas. Además, Óscar tiene razón: ya que estamos aquí, vamos a aprovecharlo. A lo mejor tienen *whisky* del caro.

En la puerta de la discoteca nos encontramos con que hay un tío enorme con una lista. No vamos a poder entrar. Cojo el móvil para avisar a Maggie y veo un mensaje suyo que dice que demos su nombre en la entrada y que luego la busquemos en la barra del fondo.

El local está lleno de gente muy arreglada y me siento fuera de lugar. Las chicas llevan vestidos de infarto que parecen hechos a medida por lo bien que les sientan, además de altísimos tacones con pinta de haber costado cuatro cifras. Yo, en cambio, llevo un jersey sin mangas de cuello vuelto, unos vaqueros, mis botas militares granates de siempre y mi boina roja.

Cuando Maggie me habló de una fiesta universitaria, me esperaba otra cosa, la verdad. La discoteca es un antiguo teatro y hay bolas de navidad gigantes que cuelgan del techo del escenario, coronas navideñas enormes en los balcones de las plantas superiores que dan a la pista de baile y miles de luces rojas y verdes por todos lados. Es impresionante el derroche en la decoración.

Llamo la atención por mis pintas, con lo que odio ser el centro de las miradas. De pronto noto un calor insoportable, pero no me puedo quitar el jersey porque no llevo nada debajo, ni siquiera sujetador.

Me giro hacia Gustavo, que también mira a su alrededor un poco alucinado.

—¿Has visto a los camareros que pasan con las bandejas? —me pregunta a gritos por el volumen de la música—. Llevan uniforme.

Es verdad, si hasta llevan guantes para repartir las copas de champán y de licores, que adivino carísimos. Los canapés son de cocina de vanguardia, de esos que no sabes muy bien lo que te estás comiendo, sobre todo si eres como yo y nunca has probado ese tipo de comida.

—¿Y esta fiesta la organiza el nuevo novio de Maggie? —inquiere.

—No es su novio, es un rollo.

—Pues eso, que su rollo debe de ser un tío muy importante y tener mucha pasta para montar esta fiesta.

—La verdad es que sí.

Observo a Gustavo con su barba, su chaqueta de otro tiempo con coderas y su pantalón de pana. Parece que se acaba de escapar de un recital bohemio de poesía. Está claro que nuestro concepto de arreglarse el fin de semana no es el mismo que el de esta gente. Sí que tiene que ser un tío importante el ligue de mi amiga para que nos hayan dejado entrar aquí así vestidos.

—Me produce mucha curiosidad conocerlo —declara.

—A mí también. Vamos.

Lo agarro de la mano para sumergirnos en la marea de cuerpos que bailan entre nosotros y el fondo del local, y rodeamos podios con gogós, tanto chicos como chicas, musculosos, muy guapos y vestidos solo con ropa de baño roja y gorro de Papá Noel.

Por fin llegamos a la barra en la que distingo el pelo moreno y muy rizado de Maggie. Está hablando con Sara, que en cuanto me ve, viene hacia mí.

—¿Habéis visto qué fiestón? Voy a buscar a Borja para que lo conozcáis —nos dice muy ilusionada y se pierde entre el grupo de gente que hay junto a la barra.

«¿Borja?», pienso. Se me revuelve el estómago solo de oír ese nombre que tan malos recuerdos me trae.

—¡Zanahoria empollona! ¿Qué haces tú aquí? —Borja, como la encarnación de una pesadilla que vuelve del pasado para torturarme, se ríe a carcajadas y me da un golpe en el brazo.

Quizá para él ese gesto es amistoso, pero para mí es odioso.

Miro a mi alrededor y veo cómo Maggie le ríe la gracia al imbécil.

No puede ser verdad. ¿De todos los hombres que hay en el mundo mi amiga se tenía que liar con este personaje? Las pocas ganas que tenía de estar en esta fiesta se me han quitado de golpe.

—Voy a avisar a Jaime —dice Borja—, va a flipar.

Se marcha antes de que me dé tiempo a decirle que no, que cualquiera menos él.

—¿Ya os conocéis? ¡Qué bueno! —palmea Maggie tan contenta—. No te pega nada ser amiga de Borja, la verdad.

—Es que no somos amigos.

—¿Y de qué os conocéis, entonces?

—Del colegio —interrumpe Sara.

—¿Qué me dices? Claro, eso sí que me cuadra. Sois compañeros del colegio ese pijo al que fuisteis las dos. Pues a lo mejor conocéis a más gente de la fiesta. Mira, allí está su mejor amigo.

Maggie se pone a señalar al final de la barra y yo creo que me voy a infartar cuando lo reconozco entre los demás. Borja le está diciendo algo al oído y los dos miran hacia mí.

Muy a mi pesar, Jaime está guapísimo como cuando teníamos dieciocho años, solo que mucho más de todo: más hombre: las facciones de la cara se le marcan más, tiene la espalda más ancha y los hombros más grandes. Habrá ganado músculo en estos años. Supongo que ha seguido haciendo mucho deporte.

Sin embargo, el flequillo oscuro le sigue cayendo sobre la cara de la misma forma, medio tapándole los ojos color esmeralda.

Me mira desde lejos y el corazón se me acelera como entonces, aunque yo no quiera, aunque odie todas las reacciones que provoca en mí.

Espero que no se acerque a saludarme porque me volvería a sentir como la niña tonta que fui, me bloquearía y no sería capaz de decirle todo lo que se merece. Aunque quizá lo que se merece es nada.

Eso es, no se merece nada de mí, ni siquiera mi odio, así que no se lo daré.

Mejor será que lo ignore. No le daré la oportunidad de que me vuelva a despreciar y a hacer daño. No le voy a dirigir la palabra en toda la noche.

De todas formas, qué tontería, si él no se acercará a mí.

—Minerva, ¿estás bien? —me pregunta Sara.

—Sí, claro, ¿por qué no iba a estarlo? —contesto soplándome el rizo que cae sobre mi cara y de repente me molesta muchísimo.

—Hombre...

—Estoy perfectamente, nunca he estado mejor, ¿y tú?
Sonrío de manera forzada y la miro fijamente.

—Yo necesito algo fuerte para aguantar a esta gente.
Acabo de cruzarme con Cayi y ni me ha saludado.

—Ah, ¿ella también ha venido? —«La que faltaba
para el duro», pienso—. ¡Qué bien!

—Sí, por lo visto sigue con Jaime.

—Me alegro mucho por ellos. —Saco el móvil del
bolsillo del pantalón como si hubiera notado una noti-
ficación para no tener que mirarla a la cara.

—Minerva...

—Chicas, ¿una ronda de chupitos? —Maggie nos
interrumpe y aprovecho para abandonar una conversación que no me gusta.

—¡Venga, me apunto! —contesto fingiendo mucha
emoción y me engancho del brazo de Maggie, que me
lleva hasta el extremo de la barra donde ya están be-
biendo Gustavo y Óscar.

También está Borja, jaleando a la camarera para
que llene bien los pequeños vasos. A su lado, Jaime se
ríe por algo que le acaba de decir la chica mientras abre
una nueva botella de Chivas. Por la postura de la camarera, poniéndole el escote en la cara, queda claro
que a ella también le gusta Jaime.

Cayi aparece de la nada, se pone entre la barra y él,
y le roba el chupito con un gesto que pretende ser sexi.

Se me hace un nudo en el estómago al verla después de todos estos años.

—¡Salud! —gritan mis amigos a coro, alzando los chupitos.

Me uno a ellos e intento contagiarme de su ánimo. El alcohol hace que me arda la garganta, pero no me importa. No le daré a Jaime la oportunidad de pensar que él y su novia me importan lo más mínimo. No me van a arruinar la noche.

Me giro para dejar el vaso en la barra y veo cómo Cayi cuchichea con él mientras lo rodea con sus brazos por la cintura. Un calor de rabia me sube por el cuerpo. No volveré a ser la tonta que se queda impasible ante esto.

Me tomo otro chupito, cojo a Gustavo y me lo llevo a la pista de baile. Él alucina porque nunca bailo. Están poniendo reguetón. «Perfecto», pienso.

No tengo ni idea de cómo se baila esto, pero sé que hay que mover mucho el culo. Así que lo meneo como nunca en mi vida y me restriego contra Gustavo como una gata en celo. Espero que esto se vea sexi desde fuera, porque nunca me he caracterizado por ser una diosa de la sensualidad, precisamente.

—¿Qué te pasa esta noche? —me pregunta Gustavo al oído mientras me abraza desde atrás, clavándomelo todo.

—No sé, será el *whisky* caro.

—¡Pues que viva el Chivas!

CAPÍTULO 6

Jaime

Me tomo el chupito de un trago y dejo el vaso sobre la barra. El *whisky* baja quemando por la garganta; es el quinto que me tomo esta noche. Cayi está muy insistente, demasiado cariñosa desde que hemos hecho las paces. Todavía no me puedo creer la encerrona que me ha preparado mi padre esta tarde, aunque no sé de qué me extraño.

Al volver a casa de la facultad, me encontré a Cayi con sus padres, que estaban invitados a cenar.

—Hombre, Jaime —saludó su padre y se levantó de uno de los sillones de piel marrón del salón para venir a estrecharme la mano—, qué alegría volver a verte. Ya pensábamos que no venías a cenar.

Parte del humo del puro que estaba fumando me dio de lleno en la cara, algo que odio.

—Sí, mi hijo lleva un par de meses volviendo muy tarde porque se ha metido a estudiar un máster carísimo, que en realidad es un capricho suyo —dijo mi padre, mirándome—. Le va a tener que dedicar mucho tiempo porque me ha asegurado que lo va a sacar con la mejor nota de su promoción. Además, también ha acordado conmigo no abandonar sus compromisos previos a iniciar este posgrado —y miró a Cayi.

¿Podría haber sido más obvio, por favor?

En ese momento, la chica interna entró en el salón.

—La cena ya está lista, señores.

—Sí, vamos ahora mismo —contestó mi madre y, de camino al comedor, Cayi se puso mi lado.

—Me han dicho tus padres que estás muy arrepentido.

—Cayi...

—Ya, yo tampoco quiero volver a discutir. Déjalo, que ya te he perdonado —declaró y me besó en la mejilla.

Iba a contestarle, cuando mi padre se adelantó:

—Vamos, chicos, sentaos rápido a cenar, que tenéis que iros juntos a la fiesta de cumpleaños de Borja—. Y, apretándome el hombro, añadió—: ¿Verdad, Jaime? Tenéis que disfrutar ahora antes de que os caséis, tengáis niños y sea todo más complicado.

Y aquí estoy, mirando cómo Minerva se restriega contra un imbécil que parece sacado de la revolución bolchevique. Vamos, lo que me faltaba después de lo de mi padre.

Lo último que me esperaba era encontrármela en una fiesta como esta, y mucho menos con su novio, bailando de esa forma. ¿Cuándo habrá aprendido a bailar así? ¿Y con quién? Conmigo no, y con este tío sin coordinación alguna, tampoco.

Si estuviera bailando conmigo, aprovecharía para darle esos mordiscos en el cuello que sé cuánto le gustan.

—¿En qué piensas, gordi? —me pregunta Cayi.

—En lo mucho que me apetece bailar. Vamos —contesto agarrándola de la mano y tirando de ella hacia la pista.

—¿Estás seguro? Tú nunca bailas.

Me pongo cerca de Minerva, en un sitio desde el que puedo verla bien mientras bailo. Tomo a Cayi por la cintura y la pego mucho a mi cuerpo. Aprovecho que lleva un vestido con la espalda descubierta para deslizar mis manos por ella de arriba a abajo.

Entonces Minerva, sin dejar de mirarme, coge las manos de su novio y se las lleva a las caderas. Él no desaprovecha la ocasión y le pellizca los muslos. Seguro que se está poniendo cachondo, el muy cabrón.

Yo también sé jugar fuerte: meto la cabeza en el cuello de Cayi y la mordisqueo sin perder de vista a Minerva. Quiero que entienda que esto es lo que le haría a ella si me lo permitiese.

Cayi se mueve, buscando mi cara, atrapa mis labios con los suyos y profundiza con su lengua dentro de mi boca. Yo sigo mirando a Minerva, «cómo me gustaría que fuera ella», pienso.

Entonces veo cómo le quita las manos de encima a su novio de forma brusca, le dice algo al oído y se marcha hacia la salida seguida por él. Parece su perrito faldero, aunque lo entiendo: si yo volviera a tener otra oportunidad con ella, la seguiría al fin del mundo. Es un chico listo, en realidad.

Ahora que Minerva se ha ido, me siento como una mierda. ¿Cómo puede dejar un vacío tan grande cuando no está?

Me separo de Cayi y regreso a la barra, de donde no debería haberme movido porque así no habría vuelto a provocar que Minerva se aleje de mí. Aquí el imbécil soy yo. Noto una punzada en el estómago. Vuelvo a sentirme como cuando lo estropeé todo.

Me pido otra copa más. A ver si a base de *whisky* se mitiga un poco mi dolor.

—Gordi, ¿qué haces? ¿No te parece que ya has bebido mucho esta noche?

Doy un trago largo en lugar de decirle a Cayi lo que realmente me parece.

—Venga, gordi, que me ibas a llevar a casa en coche, y con esta borrachera no puedes conducir. Anda, dame las llaves.

Estira el brazo con la mano abierta para que se las dé, pero paso de ella.

—Déjame, Cayi.

Voy a dar otro trago, pero no puedo porque me quita el vaso.

—¿Qué haces? —balbuceo frustrado—. ¿Tú también me vas a decir lo que tengo que hacer, como mi padre?

—Gordi...

Cayi se pega a mí. Con una mano me acaricia el hombro y con la otra intenta agarrarme de la cintura. Se lo impido girándome y me la quito de encima para alargar mi mano hacia la barra y recuperar mi vaso.

Ella vuelve a intentar quitármelo, pero yo alzo la mano con la que lo he cogido.

—¡Se acabó! ¡No soy un pelele, nadie me va a controlar nunca más!

Me termino el *whisky* de un trago y lo dejo en la barra creyéndome Humphrey Bogart.

—Vete a la mierda, Jaime, no tengo por qué aguantar esto.

Se da media vuelta y se va.

«Es lo mejor que puede hacer», pienso. «Es una chica lista».

Borja viene hacia mí.

—¿Qué te pasa con mi prima, tío?

—¿Tú también? Dejadme todos en paz.

Borja levanta los hombros como si no entendiera nada.

—Sí, sobre todo tú —le digo señalándolo con un dedo que me cuesta la vida mantener levantado— que tienes la culpa de todo.

—¿Qué todo? ¿Qué dices?

—De que me odie —murmuro, y me desplomo sobre la barra, hundido, y sin tener ni idea de qué hacer con mi vida para no seguir cayendo en picado.

CAPÍTULO 7

Minerva

—El viernes os perdisteis el espectáculo de la noche —dice Borja tras dejar la taza de café sobre la mesa.

Estamos en la cafetería de la facultad desayunando algo antes de entrar en clase. Bueno, en realidad estaba yo con Maggie cuando ha aparecido Borja y se nos ha acoplado.

Él me mira como esperando a que le pregunte qué ha pasado. «¿De verdad este chico no es consciente de lo mal que me cae?», pienso.

—Es verdad, tía —insiste Maggie.

Y dale, que no me interesa nada lo que pase con ese grupito. Son parte de mi pasado y ahí deberían permanecer para siempre. Ya me quedó muy claro que pertenecemos a mundos totalmente diferentes e incompatibles que se pueden juntar por momentos, pero que jamás se fusionarán.

—La prima de Borja, la rubia, terminó llorando y la tuvimos que llevar a casa —dice Maggie—. Luego se desahogó en el coche y nos contó todos los pollos que tiene con su novio, con… ¿Cómo se llama tu amigo?

—Jaime —contesta Borja—, Minerva lo conoce bien.

—¿Perdona?

Ahora sí que tienen todo mi interés. Qué rabia me da esto: es oír el nombre de *Jaime* y ponerme en modo atención plena. No me quería meter y al final me he metido.

—Sí, estuviste toda la infancia en el colegio con nosotros. Nos conoces desde siempre.

—Ya, pero te recuerdo que nunca hemos sido amigos, más bien lo contrario.

Cojo la jarrita que está frente a mí para añadirme leche en el té.

—Tanto como lo contrario…

—Me despreciabais.

—No te despreciábamos. —Borja da un mordisco enorme a su montado de jamón.

—Os burlabais de mí y me humillabais. ¿Te acuerdas de aquella vez que me tirasteis en un charco un libro de cine? Era mi favorito, una edición especial, y me lo destrozasteis. Estuve llorando toda la noche por el disgusto.

—Qué exagerada, si eran bromas de críos.

Muevo rápido la cucharilla dentro de la taza y la dejo de golpe sobre el platito porque ya me está tocando el higo.

—¿Bromas de críos? Una broma es cuando se ríen las dos partes. Cuando solo se ríe el que la hace, se llama *bullying*.

—¿*Bullying*? Estás de coña, ¿no?

—¿Tú ves que me esté riendo? —Me soplo con fuerza el rizo del flequillo, que se alza un segundo y vuelve a caer sobre mi ojo.

—Es verdad que yo de pequeño era un poco gilipollas, pero de verdad que no pensaba que tú te lo tomabas así. No quería hacerte daño, solo reírme un rato.

—Pues ya ves que no tenía ninguna gracia, me hicisteis mucho daño.

—En realidad las bromas solo te las gastaba yo. En serio, me parecías un chiste, tan formal y madura a los doce, trece, catorce…, pedías que se metieran contigo a gritos. De todas formas, los demás nunca te hicieron nada.

—Bueno…

«Lo que recuerdo es que Jaime me dejó muy claro en el colegio que yo no era una opción frente a Cayi», pienso.

—Es más, Jaime a veces hasta te defendía. —Mi corazón se salta un latido—. Recuerdo sobre todo un día, a la vuelta de las vacaciones de Navidad, que se enfadó un montón conmigo. Me empezó a decir que a mí lo que me pasaba era que tú eras la única chica inteligente que había conocido en mi vida y que por eso me parecías rara.

»Y entonces apareció Cayi, que lo había oído todo, y le montó un pollo porque le parecía que Jaime la consideraba tonta. ¡Menudas risas nos echamos ese día! —dice entre carcajadas—. Luego nos pasamos una semana metiéndonos con él y diciéndole que estaba enamorado de ti.

El mundo para de girar durante unos segundos. No entiendo nada. ¿Cómo que Jaime me defendió? Esto no me cuadra nada con lo que viví. ¿Los amigos de Jaime se llegaron a plantear que estuviera enamorado de mí? ¿En serio? No, no puede ser verdad. No me puedo permitir a mí misma seguir pensando en esto. No quiero que mi corazón albergue ningún tipo de ilusión respecto a Jaime. Tengo que mantenerlo lo más alejado de mí que pueda.

Lo que dice Borja no tiene ningún sentido. Seguro que es para ganar puntos con Maggie, pero igualmente la advertiré. Borja es un imbécil, como Jaime.

—¿Quién estaba enamorado de ti?

Gustavo aparece por detrás con un café en vaso y se sienta a mi lado, esperando una respuesta.

—Nadie. —Miro la hora, nerviosa, y me levanto de un salto—. Me tengo que ir corriendo, que tengo clase del máster.

«Con Jaime», añado en mis pensamientos.

—Tenemos —dice Borja, levantando las cejas y haciéndose el simpático.

—Sí, tú también, claro. —Fuerzo una sonrisa por Maggie. La adoro y no la quiero perder por un imbécil como este.

—Vale, luego paso a recogerte. ¿No me das un beso antes de irte? —pregunta Gustavo.

Me inclino para darle un beso rápido y veo a Borja poniendo morritos.

—¿Y a mí, cariño? ¿No me das otro besito a mí?

—Tú ya tienes quien te lo dé —le dice Maggie agarrándolo del cuello.

—No te me pongas *celosona*, que tengo para todas.

Se ríe y le mete la lengua a mi amiga hasta la garganta. ¡Madre mía! Voy a vomitar la comida.

¿Algún día seré capaz de compartir espacio con este tío sin que se me revuelvan las tripas?

CAPÍTULO 8

Jaime

Me siento como una mierda. La resaca de ayer, junto con los recuerdos de todo lo que sucedió, me están matando. Soy el ser más miserable sobre la Tierra.

Veo a Minerva frente a la pizarra digital dando la clase. Está preciosa. Seguro que ella no terminó la noche tan mal como yo. No, ella debió de terminar en la cama del baboso. Dice Borja que el tío ese es ni más ni menos que el jefe del departamento. Será un cerebrito, como ella. Él sí que estará a su altura, no como yo, que siempre fui un tonto a su lado.

Me vienen fogonazos de ayer por la noche cuando la vi bailando con él.

No puedo soportar que esté con otro. Fui un gilipollas, tuve mi oportunidad y la cagué. Cada vez que me acuerdo de ella gimiendo en mi boca…Me daría de hostias.

Aunque seguro será mucho más feliz con él que conmigo. Él le dará todo lo que yo no le di en su momento y que, ¿para qué engañarnos?, tampoco le podría dar ahora.

En este momento de mi vida no puedo darle nada, ni siquiera una relación. Mi padre me tiene cogido por los huevos con esto del máster. Este máster que ha vuelto a poner a Minerva en mi vida, pero que, a la vez, me obliga a que siga separado de ella.

Me tengo que conformar con poder mirarla y tenerla cerca, que ya es mucho más de lo que he tenido estos últimos años, cuando solo me quedaba su recuerdo para volver a él de forma obsesiva y enfermiza. Soy un puto loco en todo lo que respecta a Minerva.

Noto que ella ya sabe que estoy aquí y que, precisamente por eso, evita mirar hacia esta zona todo el tiempo. Normal: no quiere ni verme porque me odia, y yo no hago más que darle razones para ello.

Recuerdo la tarde que estuvimos en el Café Comercial aquellas navidades de 2014.

Un día, tras ver en la Filmoteca la adaptación cinematográfica de La Colmena, Minerva me contó que se decía que Camilo José Cela había escrito parte de su novela en ese famoso café.

Ahí vi mi gran oportunidad y le propuse llevarla
en moto hasta el sitio. Aceptó y me sentí como un chi-
quillo abriendo regalos el día de Navidad.

Una vez que estuvimos en la planta superior de la
cafetería, lugar de tertulias literarias, nos pareció maravillosa, el entorno apropiado para hacernos sentir
grandes intelectuales.

A ella le hizo ilusión sentarse en uno de los asientos
de sofá granate. Estuve a punto de sentarme a su lado,
pero finalmente me puse en una de las sillas de madera
para mirarla de frente. No quise arriesgarme a estropearlo todo pecando de baboso.

Minerva miraba a su alrededor, ilusionada: los cua-
dros, las lámparas antiguas que colgaban del techo, los
pequeños balcones... todo le resultaba inspirador y
hasta mágico.

—¿Te imaginas estar aquí durante una tertulia lite-
raria? —me preguntó con ese brillo verde en los ojos
que tan enganchado me tenía.

—¿Y una tertulia de cine?

—Eso sería genial. ¿Tú crees que también se hacen?

—Si no las hay, podrías crearlas tú.

Minerva dejó la taza sobre la mesa y se echó a reír
con ganas.

—Pero ¿qué dices? Si soy solo una cría y no formo
parte del mundo del cine.

—Lo harás. Hasta que tú no estés en él, no estará completo.

Volvió a reír a carcajadas. Yo se lo decía en serio, realmente estaba convencido de ello. Para mí era la chica más lista e interesante del universo.

—¿De verdad crees que conseguiré trabajar en cine?

—A ti te gusta escribir, ¿no? —Minerva me miró muy seria y yo me acojoné—. Perdona, es que como te presentas a los concursos de relatos del colegio, pues…

—Sí, me encanta escribir. Simplemente me sorprende mucho que lo sepas.

—¿Por qué? Es bastante obvio para cualquiera que se fije en ti.

—¿Tú te has fijado en mí?

Esto me lo preguntó muy bajito y mirando la mesa.

—Claro.

Se puso roja apenas oírme.

—Venga ya, me estás vacilando.

—¿Tú te has fijado en mí?

Minerva removió el té sin querer contestarme. Si esto significaba que sí, quería que me lo dijera. Me senté a su lado en el sofá, le tomé las manos y repetí la pregunta:

—¿Tú te has fijado en mí?

—Es diferente —me contestó en un hilo de voz.

—¿Por qué es diferente?

—Tú eres el chico más guapo del colegio y yo…

Le giré la cara porque quería que me mirara cuando le dijera:

—Y tú eres la más guapa, la más inteligente y la única chica interesante del colegio.

—Si es una broma, no tiene gracia.

¿Cómo podía dudar? Me acerqué más a ella y le demostré con mi boca lo que mis palabras no conseguían. Ella recibió mi beso, pero no me lo devolvió, como si tuviera miedo. Paré de besarla y miré sus ojos asustados mientras le acariciaba la mejilla.

—¿No te gusta que te bese?

—Me encanta.

—Entonces, ¿cuál es el problema?

—Me da miedo.

—¿Miedo? ¿De qué?

—De que sea otra de vuestras bromas pesadas y cuando volvamos al colegio tú y tus amigos os burléis de mí.

Su comentario me golpeó como un puñetazo en el estómago. ¿Ese era el concepto que tenía de mí?

—Te prometo que no es ninguna broma y que no voy a consentir que ninguno de mis amigos se burle de ti.

A ella se le escapó una lágrima y se la limpié con el pulgar con suavidad. Se me partía el corazón al pensar que mis amigos y yo le habíamos podido hacer daño.

—Gracias —susurró.

—Perdóname, yo pensaba que te parecíamos unos imbéciles y que te daba igual lo que hiciéramos.

—Bueno, sí que me parecíais unos imbéciles…

Se rio un poco y acaricié su sonrisa. Ella abrió la boca de forma instintiva y no me pude resistir: cambié el dedo por la lengua y lamí su labio inferior. Minerva gimió y la mordí con suavidad. Entonces me agarró de la nuca y apretó su boca contra la mía besándome con muchas ganas esta vez.

Nos enredamos en un apasionado baile de lenguas, desfogando todo lo que habíamos contenido hasta entonces, y tuve que abrir las piernas porque me iba a estallar la cremallera. Me separé un momento de ella para volver a dejar las cosas claras.

—Yo nunca te voy a hacer daño y no voy a permitir que nadie te lo haga. Además, voy a hacer lo posible para que todos tus sueños se hagan realidad, porque si alguien se merece llegar a lo más alto, esa eres tú. ¿Confías en mí?

—Sí —dijo con una ilusión en su cara que no duró mucho tiempo.

El recuerdo de los efímeros días felices junto a ella sigue haciendo que me sangre el alma. Cómo la he echado de menos desde que la cagué. Todos estos años pensaba que no la iba a volver a ver nunca más.

En las noches de mayor bajón la buscaba compulsivamente en todas las redes sociales, sin fruto alguno. Parecía como si se la hubiera tragado la tierra. No me lo podía creer, ¿cómo podía no haber rastro de ella? Y era tan fácil como buscarla en el profesorado de la Universidad. Lo que no entiendo es por qué no me salía su nombre cuando lo ponía en los buscadores de la red.

La veo moverse por el estrado del aula. Se ha tenido que quitar la enorme chaqueta de lana porque hace calor, y ahora solo lleva una camiseta blanca que le marca el pecho, o seré yo que estoy muy salido cuando la tengo cerca. ¿La habrá elegido adrede para ponerme cachondo y torturarme porque no puedo lamer lo que tanto deseo?

No me estoy enterando de nada de lo que está explicando. Cuando intento escucharla, solo veo moverse esos labios carnosos pintados de rojo que me encantaba morder y succionar. Estoy tan excitado que no puedo pensar en otra cosa más que en ella en mi cama.

No puedo seguir así, necesito hacer algo, tengo que hablar con ella. Siendo alumno suyo no puede negarse a hablar conmigo, aunque sí puede mandarme a la mierda si le saco un tema no académico. Tengo que ser serio con ella o, al menos, parecerlo.

Si sigo así, me voy a quedar sin chica y sin máster, por no hablar de que mi padre me va a matar. No sé todavía cómo lo voy a hacer, pero ahora sí que no puedo estar con Cayi, habiéndome reencontrado con el gran amor de mi vida.

Ni bien finaliza la clase, me levanto corriendo para ir a hablar con ella.

—Minerva.

Termina de guardar sus cosas en la cartera de cuero como si nadie le hablara.

—¿Podemos hablar? —insisto.

—Ahora me viene fatal, tengo mucha prisa —contesta mientras se dirige a la salida del aula.

—Venga, concédeme cinco minutos de tu tiempo, por favor.

La cojo del brazo para que no continúe avanzando. Se gira y me mira a los ojos, por fin. Abre un poco la boca y olvido todo lo que le iba a decir. Mi entrepierna cobra vida de solo pensar en besarla.

—¿Mine? —El baboso aparece en escena y ella hace un gesto brusco con el brazo para que la suelte. ¡Mierda! Es como si me hubieran dado un martillazo en las pelotas—. Date prisa, que mamá nos está esperando en casa con la comida.

«Voy a vomitar del asco que me da este tío», pienso.

—Sí, soluciono una cosa con un alumno y voy.

«¿Un alumno? —me pregunto—. ¿Para ella solo soy *un alumno*?» Me vuelve a mirar, pero esta vez lo único que siento es el frío que ella me transmite.

—¿De qué querías hablar? —pregunta muy seria mientras le coge la mano al otro. Si las miradas pudieran echar fuego, ya le habría quemado la mano a este tío.

—Nada, es un tema de clase.

—¿Puede esperar?

—Sí, claro. —«A ver qué le voy a decir en estas circunstancias», pienso.

—Pues mañana lo hablamos.

Se da media vuelta y se marcha tan contenta con el idiota.

«¡Joder!». Tengo ganas de gritar hasta quedarme sin voz y sin aliento.

¿Cómo voy a hacer para conseguir que me vuelva a hablar como antes, aquella breve época en la que le caía bien y confiaba en mí?

CAPÍTULO 9

Minerva

—¿Lo tienes claro ya, entonces? —La madre de Gustavo me pasa el puré de patatas y me mira fijamente.

—¿Cómo? —le contesto.

—Mira que es muy importante.

No tengo ni idea de lo que me está hablando. Estoy comiendo en casa de Gustavo y no puedo dejar de pensar en Jaime. ¿De verdad me defendía en el colegio? ¿Hasta el punto de que le gastaran la broma de que estaba enamorado de mí? Estaba convencida de que yo lo avergonzaba. Vaya, esto lo cambia todo. O no, porque no sé qué pensar, ya no sé qué creer de ellos y qué no.

Necesito saber más, necesito hablar con él. Aunque me da muchísima vergüenza. Cuando estoy con Jaime me vuelvo a sentir esa adolescente insegura a la que le asustaban los chicos guais del colegio. Bueno, en realidad me pasaba con todos los chicos.

Nunca fui capaz de creerme del todo las cosas bonitas que me decía Jaime, me parecía imposible que un tío guapo y popular como él pudiera sentir eso por una friki como yo. De hecho, sus amigos siempre me dejaron muy claro lo que pensaban de mí, y, en el fondo, dentro de lo malo, prefiero la sinceridad de ellos: nunca me dieron esperanzas de pertenecer a su grupo ni de ser una más de ellos. Sin ilusiones no hay dolor.

Lo que no entiendo es a qué vienen las tonterías de Borja a estas alturas. ¿Por qué ha decidido empezar a regalarme los oídos? La única explicación posible a esto es que se lo invente para impresionar a Maggie. Ella sí que vuelve locos a los tíos y cuando la conocen son capaces de hacer cualquier cosa por no perderla. Ojalá yo fuese un poco más como ella.

Da igual, tengo claro que no voy a ablandarme ahora después de lo ocurrido. No quiero ni pensar en tener que pasar por todo ese dolor otra vez, volver a reconstruirme…

Regreso a la realidad porque Gustavo pasa el brazo por encima de mi plato y me apoya medio cuerpo encima para coger la jarra del agua.

—Tenemos que prepararnos con tiempo —insiste la madre de Gustavo.

Se me queda mirando y me doy cuenta de que está esperando una respuesta por mi parte.

—Sí, sí, es verdad —contesto.

—¿Tienes una foto del vestido para que pueda verlo?

Madre mía, que me estaba hablando todo el rato de esto. El próximo viernes por la tarde nombran profesor emérito al padre de Gustavo. Habrá una ceremonia en la universidad, a la que estoy invitada, y acudirá todo el equipo docente de la Facultad. Es muy importante, se me había olvidado por completo y no tengo nada preparado. Un sudor frío me recorre el cuerpo. Esta vuelta de Jaime a mi vida me la ha trastocado por completo.

—No, no le he hecho ninguna foto al vestido.

—Qué pena. —La madre de Gustavo se levanta y se pone a recoger platos. Yo voy a imitarla, pero me detiene—. No, maja, tú quédate en la mesa sentada con mi marido, que ya me ayuda mi hijo a recoger. ¿Verdad, Gustavo? —La mujer marca mucho cada palabra de la pregunta.

—Sí, sí, claro, ya voy. ¿Tienes eso?

La madre, que ya estaba en la puerta del oscuro salón, lo mira levantando las cejas como si lo fuera a matar y le hace un gesto de que se calle. Gustavo se levanta corriendo detrás de su madre como un pollito con una gallina. Dejan los platos sucios en la cocina y van juntos hacia el dormitorio de matrimonio antes de volver a la cocina.

Me doy cuenta de que no me pone nada y de que cada día me dan más pereza estas comidas. Es verdad que Gustavo es muy inteligente y culto, pero lo que siento cuando lo miro ni se acerca a las reacciones corporales que produce Jaime en mí con solo pensar en él.

Con Jaime saltaron chispas desde el principio. Recuerdo el día que los dos cumplimos dieciocho años. Yo estaba en una nube después de haber conocido una faceta de Jaime que nunca había enseñado en el colegio y que lo convertía, ahora sí, en el hombre perfecto para mí.

Habíamos quedado casi todos los días desde aquella tarde en la que me besó y me dijo todo lo que yo necesitaba oír para terminar de enamorarme de él como una tonta y bajar mis defensas.

Además, el tiempo que no estábamos juntos lo pasábamos hablando por teléfono o mandándonos mensajitos cursis, algo que no he vuelto a hacer con nadie desde entonces.

Era la noche de Reyes y los padres de Jaime tenían una cena, como era habitual en ellos. El servicio estaba de vacaciones, así que estaba solo en casa con su hermana, unos años menor. Me pidió que fuera a cenar con ellos, que me recogería en mi casa y luego me llevaría de vuelta en moto antes de que volvieran sus padres.

Yo no tenía nada claro que fuera buena idea ir. Seguía siendo virgen y me agobiaba estar con él en una situación de tanta intimidad y hacer el ridículo. Le terminé confesando mis razones con mucha vergüenza, y me hizo desechar mis miedos convenciéndome de pasar la noche con él. En realidad, no le resultó difícil porque yo estaba deseando hacer cualquier cosa con Jaime, teniendo en cuenta el enganche que tenía.

Cuando llegué, me impresionó la casa. Conocía las mansiones de La Moraleja porque mi colegio estaba allí, pero solo las había visto desde fuera. Ya el jardín de la parte delantera era más grande que toda mi casa.

Por dentro era impresionante también. El salón principal era inmenso y me daba miedo tocar nada por si rompía algo carísimo e irremplazable.

Jaime notó mi incomodidad y me cogió de la mano.

—Este salón en realidad lo usamos con las visitas y poco más. Mi hermana y yo tenemos una salita que, en teoría, es para estudiar, pero la utilizamos sobre todo para ver la tele, jugar a la consola y todas las formas de hacer el vago. Vente conmigo.

Me rodeó la cintura con su brazo para que caminara a su lado y me sentí muy reconfortada.

—¡Si no venís ya, me como toda la pizza yo sola! —grító la hermana desde una habitación al fondo del pasillo.

—Muchas gracias —le contestó Jaime entrando en la sala—, haré lo mismo cuando vengan tus amigas.

—Ya lo haces, no finjas que eres educado porque esté tu novia.

¿Novia? ¿Su hermana me había llamado *novia*? El corazón me empezó a latir a mil por hora por la vergüenza que me estaba dando la situación.

La salita, a diferencia del salón, era muy acogedora. Las paredes estaban llenas de estanterías altas con libros, una de mis pasiones. Debajo de ellas, en una de las paredes, había un gran televisor con varias consolas y, en la otra, un sofá de dos plazas. A su lado se encontraba un sillón en el que estaba sentada la hermana, una chica rubia y menuda. Este presidía una mesa de centro con dos pizzas familiares en ella.

—Me niego a ver *Love Actually* otra vez —dijo Jaime a su hermana mientras me hacía un gesto para que me sentara en el sofá y se ponía a mi lado—. Te sabes los diálogos de memoria.

—¿No esperarás que me trague yo una de tus películas en blanco y negro? ¿Quieres matarnos de aburrimiento a tu novia y a mí?

—Se llama Minerva y le gustan las mismas películas que a mí.

—Imposible, si tiene cara de simpática. Aunque no puede tener mucho criterio si le gustas tú.

Se me escapó una risa nerviosa.

—¿Tú también te alías contra mí?

Me hizo cosquillas en la cintura y yo me retorcí en el sofá con él encima de mí. Su intenso olor a madera y cuero activó todo mi cuerpo.

—¡Oye, que estoy aquí, esperad a que se acabe la película y me vaya a mi cuarto!

—Película que no vas a ver —dijo Jaime incorporándose y cogiendo el mando de la tele.

—No seas abusón, que Minerva me apoya, ¿a que sí?

Los dos hermanos me miraban fijamente con sus ojos claros. Qué presión, no quería caerle mal a la hermana de ¿*mi novio?*

—Sí, yo también quiero ver *Love Actually.*

—Supongo que verla una vez más no me va a matar —Jaime resopló y le dio al *play*—, pero, a cambio, te vas a tu cuarto en cuanto termine.

—Que sí, pesado, que vas a poder estar a solas con tu novia y darle besitos y decirle lo mucho que la quieres.

¿Decirme que me quiere? Sentí un pinchazo en el estómago.

—Paso de ti —le dijo lanzándole un cojín y se giró hacia mí—. ¿Quieres una porción de la pizza cuatro quesos? La he pedido por ti.

¿De verdad se acordaba de que una vez le había mencionado que esa era mi pizza favorita? Las mariposas de mi tripa revoloteaban descontroladas.

Me pasé la película comentándola con la hermana, riéndonos a ratos y otros llorando, mientras Jaime gruñía porque no nos callábamos.

Cuando terminó, antes de irse a su cuarto, la hermana dijo:

—Me ha encantado conocerte, Minerva, espero verte más por aquí, aunque sea con el plasta de mi hermano —y me guiñó un ojo.

—Igualmente —le sonreí.

—Te has ganado a mi hermana.

Jaime agarró mi cintura y me acercó a él.

—¿Tú crees?

—Ella es muy sincera y no te diría eso si no lo pensara.

—Ya te has metido en el bolsillo a dos Vázquez-Ochoa, sobre todo a uno —dijo acariciándome la mejilla.

Jaime estaba a un milímetro de mi boca, mi corazón latía desbocado, no me acostumbraba a estar con él, a gustarle a un chico tan guapo. Mi respiración se agitó por la anticipación y noté su sonrisa sobre mis labios. Cerré los ojos para sentir su inminente beso con todo mi cuerpo. Su lengua me invadió y la recibí con una mezcla de ansia y miedo. Nunca nos habíamos besado en una casa sin padres. Era como estar solos porque su hermana había dejado muy claro que no nos iba a interrumpir.

Jaime poco a poco se fue echando sobre mí y terminé totalmente tumbada en el sofá con él encima. Noté su dureza sobre mi centro, me moví y el roce me excitó, mi cuerpo quería más. Se me escapó un gemido y se apretó contra mí.

—¿Quieres que vayamos a mi cuarto? —me preguntó con la respiración entrecortada. Dudé por un momento. — Eso no significa que vayamos a hacer nada que tú no quieras.

Me miró con cara de cachorrito desvalido y me derretí. Claro que quería hacerlo todo con él.

—Vamos —dije con una sonrisa que él correspondió.

Cuando llegamos a su dormitorio, se puso a tocar una pantalla colgada en la pared.

—¿Qué haces? —le pregunté.

—Subir la calefacción y bajar la persiana. Lo último que quiero esta noche es que tengas frío. —Me guiñó un ojo y me reí. Acercó sus labios a mi oído y susurró:

—Este sonido es mi favorito en el mundo. Solo por él ha merecido la pena.

Me besó el cuello y un cosquilleo me recorrió entera erizándome los pezones y haciendo latir mi sexo.

Busqué su boca y nuestras lenguas se enredaron llenas de deseo.

Agarró mi culo con firmeza y tiró de mí, colocándome encima de él, a horcajadas. Avanzó hacia la enorme cama y nos dejó caer sobre ella. Me reí una vez más, invadida por una felicidad mayor de la que había sentido nunca.

Me empezó a hacer cosquillas por todo el cuerpo.

—¡Para! —dije intentando frenar sus manos.

—No quiero que dejes de reír nunca.

Lo callé con un beso. Sus cosquillas pasaron a ser caricias que me recorrían de arriba abajo e iban encendiéndome hasta que ardía de tal manera que necesité quitarme el jersey de cuello vuelto que llevaba.

—Por fin, ya sabía yo que lo de la calefacción iba a ser todo ventajas —bromeó Jaime—. Estas pecas de tu escote me vuelven loco —dijo mientras las recorría con su lengua.

Mi respiración era cada vez más agitada, lo deseaba tanto…

Sacó uno de mis pechos por encima del escote de la camiseta y lamió el pezón. Eso provocó un ardor en mi bajo vientre. Como si supiera lo que sentía, Jaime me desabrochó el pantalón y lo bajó.

Primero me acarició un poco por encima de la ropa interior y según fueron aumentando mis gemidos, se abrió hueco por dentro de mi tanga e introdujo un dedo.

—Estás empapada —me dijo con voz grave.

Las descargas que recorrían mi cuerpo se intensificaron hasta que estallé de placer. Me sentí plena y a la vez quería más, ansiaba descubrir con él qué se sentía al hacerlo por primera vez. No podía engañarme más: llevaba toda mi adolescencia profundamente enamorada de él, esperándolo.

Desabotoné su pantalón y su miembro erguido saltó fuera como un resorte. Había visto vídeos y fotos para satisfacer mi curiosidad, pero nunca había tocado uno. Lo acaricié con cuidado, como había hecho él conmigo. Pensé en las escenas sexuales que recordaba para darle placer, pero no se parecían en nada a lo que estaba viviendo en ese momento. La realidad era mucho mejor.

Entre gemidos, Jaime me dijo:

—Si sigues así, no voy a aguantar mucho más.

—¿Tienes un preservativo? —me sorprendí preguntando.

—¿Estás segura?

—Sí —sonreí.

Rebuscó en el cajón de su mesilla y, mientras se colocaba el preservativo me aclaró:

—Si quieres parar en algún momento, dímelo, por favor.

—Claro.

Le di un beso que quería demostrar todo el amor que sentía en ese momento. Nuestras lenguas se enredaron primero con dulzura y después con pasión mientras se deshacía de lo que nos quedaba de ropa y se colocaba entre mis caderas.

—A lo mejor te duele un poco —dijo mientras entraba dentro de mí.

Asentí. Estaba tranquila porque sentía que Jaime no podía hacerme daño. Noté una presión fuerte, pero enseguida mi cuerpo se adaptó a él y nos fusionamos de manera perfecta, como si estuvieran hechos el uno para el otro. Fue la experiencia más maravillosa de mi vida.

Cuando terminamos, Jaime me abrazó y cerró los ojos.

—No puedes quedarte dormido, me tienes que llevar a casa.

—Qué cortada de rollo. Ojalá pudieras quedarte a dormir. Ojalá no tuviera que separarme de ti nunca— dijo encerrándome en su cuerpo con los brazos y las piernas.

Me derretí al oírle decir todas esas cosas tan bonitas y al pensar, ilusa de mí, que eran de verdad y para siempre.

Me saca de mi ensoñación la madre de Gustavo al colocar sobre la mesa un *brownie*, platos y cubiertos de postre para todos.

—Qué contenta estoy —dice mientras me sirve un plato—. Últimamente todo nos va fenomenal: en la universidad a mi marido le dan el reconocimiento que se merece, mi hijo es jefe de departamento, y a vosotros os veo cada día más felices y unidos. Solo queda que me deis nietos.

Me atraganto con el bizcocho y me da la tos.

—Deja a la chica en paz ya, que la vas a agobiar. — El padre de Gustavo me da un vaso con sidra que bebo de un trago, a pesar de que no me gusta nada.

Siento que no pinto nada aquí. Con lo a gusto que estaría yo ahora mismo, en mi casa, viendo una película en el sofá con una manta.

Maggie tiene razón: esta relación no va a ninguna parte y no es justo para Gustavo. Debería dejarlo antes de que su madre se siga haciendo más ilusiones.

Pero ¿cómo voy a dejarlo ahora, cuando ya han contado conmigo para la ceremonia de nombramiento de su padre? Habría que dar un montón de explicaciones y sería el cotilleo del mes. No puedo hacer una cosa así en la universidad en la que trabajo. Tendré que aguantar un poco hasta que encuentre el momento adecuado, por lo menos hasta que pase lo del padre.

Lo que no sé es cómo voy a gestionar todo lo que siento cada vez que veo a Jaime. Él siempre ha sido mi debilidad, muy a mi pesar.

CAPÍTULO 10

Jaime

—No me extraña que mi prima Cayi te haya mandado a la mierda —dice Borja.

Resoplo como respuesta y le hago un gesto a la camarera de la terraza del Café Pino de La Moraleja para que me traiga otra cerveza.

—¿Estás así de amargado por la pelea con ella? Si luego siempre hacéis las paces. Mi prima es una santa que no sé cómo te aguanta. ¿Tú de verdad la quieres, tío?

—Claro que la quiero.

—Sí, pero no me refiero a quererla como la quiero yo, sino como mujer, que si estás enamorado de ella, vamos.

—¿Desde cuándo sabes tú algo del amor y te importa?

Borja se ríe con todo el bigote lleno de espuma.

—Me estaré haciendo mayor.

—Seguro. Límpiate la boca, anda, don Mayor. ¿No será que te estás enamorando de Maggie?

—Deja ya de beber que estás empezando a decir gilipolleces —me contesta mientras se limpia con una pequeña servilleta.

—¿No llevas mucho tiempo con ella para ser tú?

—¿Qué dices? Eso es solo porque está buena y folla muy bien —dice muy alto para que se le oiga bien entre todas las conversaciones de la terraza cubierta. Me estiro el flequillo queriendo taparme los ojos.

—¡Qué bonito! Seguro que, si te oyera, estaría encantada de cómo hablas de ella.

—Pues, sí, porque ella no es una ñoña como el resto de las tías.

—Anda que lo estás arreglando. No todas son unas ñoñas, esas serán las barbies absurdas con las que tú te sueles enrollar. Ahora estás con una tía normal y te sorprendes, claro.

—La verdad es que mola estar con una chica que no es una estirada y que tiene cerebro —dice metiéndose dos aceitunas en la boca.

—El problema va a ser cuando se dé cuenta de que tú no lo tienes.

Me lanza un puñetazo al hombro, que detengo a tiempo, y rompemos a reír.

—Hablando de tías listas, ¿qué tal llevas el que Minerva sea profesora del máster? Por lo que me ha dicho, nos tiene bastante asco desde el colegio.

—Ya. —Me bebo medio tanque de cerveza de un trago. Me ha entrado un mal rollo enorme.

—Dice que le hacíamos *bullying*.

—¡Joder! —Me echo el flequillo hacia atrás con las dos manos y apoyo los codos en la mesa.

—Pero tú no te agobies, que ya le dije yo que tú, no.

—¿Cómo? —saco la cabeza de entre mis manos para mirarlo— ¿Qué le dijiste de mí, tío? Que eres un bocas.

—Vete a la mierda, encima de que te defiendo para que te apruebe…

—¡Puf! —vuelvo a esconder la cabeza entre las manos.

—¿Crees que te va a suspender? ¿Tan chunga está la cosa?

—La cuestión es que no me vale con que me apruebe: mi padre me ha dicho que, si no saco la mejor nota del máster, ya me puedo olvidar de la productora.

Borja deja la copa de cerveza vacía sobre la mesa.

—No te preocupes, porque mi tío tiene un amigo que es productor en Hollywood.

—Muy bien, ¿y eso qué tiene que ver conmigo?

—Que viene a España unos días, y te lo voy a presentar en la fiesta de Navidad de la embajada de Estados Unidos.

—Te lo agradezco mucho, pero paso. Estoy harto ya de las relaciones sociales por interés.

—Este caso es distinto: tú quieres hacer cine porque te apasiona, no por dinero.

—No sé. —Me rasco la cabeza, pensativo, mientras me como una aceituna.

—Así que ya puedes venir a la fiesta, melón.

—No, si mi padre me obliga a ir, no tengo otra opción.

—¡Joder con el señor Vázquez-Ochoa! Siempre ha sido un cabrón, por eso es tan amigo de mi tío. —Se ríe, pero yo sigo serio.

—Perdona, tío, me he pasado.

—No te preocupes, no has dicho nada que yo no piense también. La cuestión es que Minerva me aprobará porque me lo voy a currar y ella es una persona justa. Lo que no va a pasar es que le guste tanto mi trabajo como para ponerme la mejor nota de la clase, teniendo en cuenta lo mucho que me odia.

Borja se mesa la barba, reflexivo.

—¿De verdad crees que es para tanto y que no tiene solución?

—Sí, tío.

—Pues en el colegio parecía bastante colgada por ti.

—¿Qué dices? —hago un gesto con la mano como apartando ese comentario.

—¿No te acuerdas de aquel día que…

—Prefiero no acordarme. Maldito día.

—¡Qué exagerado! Seguro que, si le das cuerda, te la camelas otra vez.

—Si no quiere ni hablar conmigo, ¿cómo le voy a dar cuerda?

—Que sí, hombre, se estará haciendo la dura, que eso le mola mucho a las tías.

Me llevo una mano a la cabeza.

—A veces te oigo y no sé por qué soy tu amigo.

—Porque siempre te saco de todos los líos, como ahora, que te voy a conseguir tu mejor nota del máster.

—Verás, el de los planes sin fisuras…

—Calla, gilipollas, y escúchame atento.

Apoyo la barbilla sobre las manos en un gesto de escucha total.

—Dale.

—Aprovecha ahora que no estás con Cayi y que va a tardar mucho en perdonarte y acércate a Minerva. Con la excusa de que tienes que hablar con ella de cosas del máster…

—Eso ya lo he intentado y no ha funcionado.

—Silencio, agonías, sigue escuchando al maestro.

Me río y él me roba un trago de cerveza.

—Le pides perdón por todo lo del colegio—. Marca mucho esas palabras y me mira con intensidad —Esto es muy importante, cara de nabo.

Resoplo.

—No lo veo, tío.

—Que sí, coño, te la llevas a un sitio chulo a tomar algo. Pagas tú —. Me guiña un ojo.

—Minerva no es de esas.

—Todas son de esas.

—Ya estamos…

Me echo sobre el respaldo de la silla y Borja se apoya en la mesa para acercarse a mí.

—La tratas como no la ha tratado nadie en su vida, la llevas a casa en coche, te pones en tu modo intensito…

—¿Mi modo intensito? ¿De qué vas?

—Sí, cuando te pones moñas y las tías mojan las bragas.

—Hasta aquí he llegado. —Me levanto y llamo la atención de la camarera—. ¿Me cobras, por favor? Con tarjeta.

—Tronco, que queda el golpe maestro: y le das un besito cursi de los tuyos.

Pago de pie con el móvil y cojo mi gorra Jordan negra de la mesa.

—A lo mejor tienes suerte y te la chupa —añade Borja a voces, una vez más.

—Un día de estos te voy a dar la hostia que te mereces.

Me pongo la gorra y camino hacia la puerta del bar.

—¡Joder, encima de que te ayudo! ¡De nada, ¿eh?!

A estas alturas ya nos está mirando toda la terraza y alguna de estas señoras será amiga de mi madre de la parroquia. Espero que no le diga nada, aunque en realidad ya me da igual.

No me gusta cómo lo explica Borja, pero su plan, en realidad, me encanta: que Minerva me perdone, besarla y, sobre todo, que me la chupe. Llevo siete años haciéndome pajas pensando en ella. Ya ha llegado el momento de hacer realidad mis sueños eróticos.

El problema es que no creo que ella sienta lo mismo por mí, ¿o sí?

CAPÍTULO 11

Minerva

No puedo respirar bien por los nervios acumulados durante toda la clase.

Esta mañana me he levantado con la firme decisión de hablar con Jaime, pero según se ha ido acercando el momento, me parece más complicado.

Lo miro desde el estrado en el que está mi mesa: recoge sus cosas junto a Borja y me agobia muchísimo pensar que este vaya a estar delante cuando vuelva a hablar en serio con Jaime después de tantos años. Aunque se suponga que ha cambiado, me da terror pensar que empiece con sus bromas pesadas.

Jaime ha estado toda la clase mirándome con cara de cordero degollado. La niña soñadora que vive en mí quiere pensar que es por ella, pero la adulta desengañada que soy hoy no se permite volver a hacerse ilusiones románticas de ningún tipo.

Me tiemblan las manos mientras recojo mis cosas. Tengo que darme prisa o se irá sin que le haya hablado.

Salgo al pasillo y veo cómo se despide de Borja. Supongo que este va al despacho del departamento a buscar a Maggie. Menos mal.

Acelero el paso para alcanzarlo cuando ya está saliendo del edificio camino del aparcamiento.

—Jaime.

Sigue caminando. Está un poco lejos, así que corro para alcanzarlo antes de que se meta en el cochazo que tiene enfrente, que supongo será suyo.

Alzo más la voz:

—¡Jaime! —me sale un grito agudo absurdo con el esfuerzo de la carrera y los nervios de la situación que hace que me muera de la vergüenza más aún, si cabe.

Se da la vuelta y pone cara de alucine al ver que soy yo.

—¿Sí?

No puedo hablar, solo soy capaz de jadear. Si nunca corro, ¿cómo se me ocurre hacerlo en este momento? Esta ha sido una muy mala idea.

—Tranquila —me dice. Pocas cosas me ponen más nerviosa como que me digan que me tranquilice—. Respira.

—Quería hablar contigo —le digo y paro un segundo para coger aire—… sobre el tráiler que me tenéis que entregar.

—¿Qué pasa?

—Que no me has presentado nada del trabajo final de la asignatura.

—Pero todavía queda tiempo hasta la fecha de entrega, ¿no?

—Sí, pero os aconsejé que me fuerais enviando el tema para que os pueda dar mi opinión.

—Es que no tengo ni idea de lo que quiero hacer.

Apoya un brazo sobre su coche y me mira. Lleva el anorak abierto y los músculos del torso se le marcan a través del jersey. Trago saliva. Hacía tanto tiempo que no lo tenía tan cerca, mirándome con esos ojos verdes…

—A lo mejor yo puedo ayudarte —le digo.

—¿Harías eso por mí?

—Claro, soy tu profesora. Estoy para eso.

—Ya, pero tú me odias.

—Es mi trabajo y, por encima de todo, soy muy profesional —le contesto con un tono muy borde. Me estoy arrepintiendo de haber querido hablar con él y estoy a punto de volver por donde he venido.

—Eh… —Se mesa el flequillo, nervioso—. Por supuesto, en ningún momento he querido decir lo contrario. No quería ofenderte.

—Da igual —respondo.

«¿A quién quiero engañar? Ahora que estoy aquí, no me iré hasta que sepa lo que he venido a averiguar», pienso. Pero esta conversación está siendo un desastre. No tiene nada que ver con lo que yo había imaginado en mi cabeza. Así que, al final, decido marcharme antes de que esto empeore más.

—Mañana nos vemos.

Me giro y comienzo a caminar, alejándome de él.

Un calor se apodera de mi cara. Me siento muy ridícula.

Entonces viene detrás de mí, me coge del brazo y me gira.

—Perdóname, de verdad que no quería ofenderte. Soy un imbécil. Parece que soy especialista en quedar mal contigo.

Me da un pinchazo en la tripa al notarlo tan vulnerable.

—Da igual.

De pronto se oye un trueno e instintivamente me pongo la capucha del abrigo, porque empiezan a caer gotas de agua.

—Se acerca una tormenta —dice—. ¿Tienes el coche muy lejos?

—No vengo en coche, me encanta caminar.

—Sí, lo recuerdo—. Me clava su mirada esmeralda y me estremezco. El agua cae con fuerza de pronto—.

Está lloviendo mucho, ¿por qué no me dejas que te lleve a casa?

Pone esa cara de cachorro desvalido y siento que le diría que sí a cualquier cosa que me propusiera, pero no quiero bajar mis defensas y que pueda caer el muro que he construido durante años.

—No sé, Jaime. Él aprovecha mi duda para tomarlo como un sí, envuelve mi mano en la suya con firmeza y tira de mí hacia la puerta del copiloto.

Empapada, me entrego y me dejo caer en el asiento de cuero. El coche se ve tan lujoso por dentro que levanto los pies de forma instintiva.

—Puedes pisar la alfombrilla sin problema. —Sonríe y me derrito por dentro, no tendría que haberme subido.

—Te la voy a llenar de barro.

—No te preocupes, eso se limpia.

—Ya, pero parece un coche muy caro de mantener.

—Te puedo asegurar que eso es lo que menos me importa en este momento. —Me guiña un ojo y pone el coche en marcha—. ¿Dónde te llevo? ¿Sigues viviendo con tus padres?

—Sí, claro, la gente normal no nos podemos permitir comprarnos una casa con un solo sueldo.

Me callo que mi padre falleció porque no tengo ganas de intimar tanto con él.

—Pensé que a lo mejor vivías con tu novio…

—Ah, sí, bueno…, no… —Dudo qué decirle sobre mi vida sentimental. Por un lado, me siento una boba dándole explicaciones: parece que me creo que le importa, pero tampoco quiero que se piense que Gustavo es mi novio. Sí que soy tonta: una pequeña parte de mí está deseando que Jaime le vuelva a dar una mínima esperanza para enamorarse como una adolescente otra vez.

—¿No es tu novio?

—En realidad, no.

«Al menos ahora sueno más segura», pienso.

—Pues yo no trato así a mis amigas.

—¿Entonces, Cayi sigue siendo tu novia? —Si piensa que me voy a creer todo lo que me diga como las navidades que estuvimos juntos, lo lleva crudo.

—Te he preguntado primero.

Me soplo el mechón que cae sobre mi cara, no quiero explicarle mi relación con Gustavo. Jaime me mira levantando una ceja.

—¿Y bien? —insiste.

—Obviamente no es solo un amigo, pero lo de novio me suena demasiado formal para lo que somos.

Una sonrisa triste asoma en la boca carnosa de Jaime.

—¿Y eso él lo sabe? Porque se lo ve bastante enamorado…

—Yo siempre le he dejado claro que no quiero una relación seria porque no creo en el amor.

—¿En serio?

—¿En serio se lo he dejado claro o en serio no creo en el amor?

—Lo último: ¿nunca has estado enamorada? —su voz tiembla.

Juego, nerviosa, con el rizo rojo que me cae en la cara. Esa pregunta es demasiado, no quiero seguir hablando de mí.

—¿Y tú con Cayi? Supongo que os vais a casar, porque lleváis juntos toda la vida…

—Lo mío con Cayi es muy complicado.

Me muerdo las uñas para no decir todo lo que se me pasa por la cabeza en este momento.

Jaime apaga el motor del coche porque ya estamos en la puerta de mi casa.

Coge mi mano y me la retira de la boca mirándome fijamente los labios.

—No te muerdas las uñas, que se ponen feas.

—¿Y qué más da?

—A mí sí me importa.

Acaricia las yemas de mis dedos y el cosquilleo me recorre todo el cuerpo, llegando hasta mi centro.

Entonces suena una llamada a su móvil y en la enorme pantalla del coche puedo ver el nombre de Cayi.

Quiero quitar mis manos de entre las suyas, pero no puedo porque él las retiene con fuerza.

—¿No vas a atender la llamada? —pregunto con voz seria.

—No, ahora estoy hablando contigo.

Jaime acaricia mis dedos y me empiezo a ablandar, así que los retiro porque no quiero volver a caer en su red de falsos encantos.

—Por mí no lo hagas, me tengo que marchar ya. Mañana hablamos.

Me giro para abrir la puerta del coche y salir, pero él me coge del brazo.

—No, Minerva, por favor, no te vayas.

—¿Qué quieres de mí? —pregunto con tono borde.

—No estoy enamorado de Cayi, sino de ti.

Me quedo paralizada: no soy capaz de contestar nada ni de moverme. Jaime acerca su boca a mi oído.

—Entiendo que no confíes en mí después de todo lo que pasó entre nosotros, pero es la verdad, créeme.

Me acaricia la cara con su mano enorme y masculina. Siento mi centro latir. He deseado tanto esto, muy en contra de mi razón, que soy incapaz de apartarme.

Me gira la cara hacia él y me besa. Durante unos minutos, me dejo hacer. He recordado y ansiado tanto sus besos... Me encantan el grosor de su labio inferior y la textura. Lo muerdo y lo lamo. Un gemido suyo me trae de nuevo a la realidad.

—No —Me aparto con brusquedad—, no podemos.

—¿Por qué?

Intenta volver a besarme.

—Los dos tenemos pareja, ¿recuerdas?

—¿No decías que el tío ese no es tu novio?

Resoplo, enfadada.

—Déjalo. No tengo por qué darte explicaciones después de cómo me trataste. ¿Tanto te cuesta entender que ya no confío en ti y nunca más lo haré?

Salgo del coche dando un portazo y me meto corriendo en mi portal para que no pueda venir detrás de mí y verme llorando. No sé cuánto aguantaría mi falsa coraza protegiéndome de él.

CAPÍTULO 12

Jaime

Mi padre está rojo de ira, pero permanece en silencio. La verdad es que este es el sitio ideal para decirle cosas complicadas porque no puede montar un pollo. Mi hermana es una chica lista. Debería aprovechar la situación yo también. A ver si consigo irme de alguna fiesta sin Cayi.

Estamos en el cóctel de Navidad de la Cámara de Comercio de Madrid y la decoración y el ambiente festivo me abruman por lo mucho que me recuerdan a Minerva. Los árboles enormes, las luces por toda la sala… Desde que nos enamoramos en estas fechas, para mí la Navidad es solo ella. Además, hay un grupo de música cantando *All I want for christmas is you* y solo puedo pensar en que el único regalo que quiero es ella, pero no lo puedo tener.

Ahora mismo, lo que me gustaría es estar convenciéndola de lo enamorado que estoy y que siempre he estado. Entiendo que no confíe en mí y mi objetivo es que lo haga. Sin embargo, tengo que estar aquí con un montón de gente rica y poderosa con la que a mi padre le interesa quedar bien.

También está la familia de Cayi que, como siempre, no puede faltar a ningún evento que se considere de categoría. De hecho, nosotros estamos invitados al cóctel gracias a un tío de Borja y Cayi, que vive en Estados Unidos y es íntimo amigo de la embajadora de allí. A él le debemos, además, que mi hermana entrara en la UCLA. Así que, entre unas cosas y otras, vivimos en permanente deuda moral con la familia de la mujer con la que mi padre quiere que me case. ¡Qué harto estoy de todo esto!

—De verdad que no entiendo por qué tiene que ser mi hermano el CEO de todo nuestro *holding* — insiste mi hermana.

—Para ya. —A mi padre está a punto de salirle fuego por la boca.

—A ver, ¿yo estoy estudiando con éxito uno de los másteres en dirección de empresas más prestigiosos del mundo, mientras mi hermano lo único que quiere hacer es cine, pero será él quien tome el mando de todas nuestras empresas?

—Ya sabía yo que el caprichito del niño nos iba a traer disgustos —gruñe mi padre—. Si ese es el problema, ahora mismo deja la tontería esa de cine.

—¿Por qué? —intervengo dolido—. Muchas gracias, hermanita —cargo contra ella porque contra mi padre no puedo.

—Ya está bien, chicos, no es el momento —dice mi madre, intentando apaciguar.

—En esta familia nunca es el momento de hablar de mí, siempre gira todo en torno a Jaime.

Mi hermana deja con rabia la copa de champán vacía en la mesa alta y se marcha fuera del salón. Cayi la ve desde donde está con su familia y va detrás de ella. Siempre se han llevado bien.

Entiendo a mi hermana y ojalá consiga convencer a mi padre de ser ella la que lo releve al mando del *holding* familiar. Nada me gustaría más que dejar de tener esa presión sobre mí cuando, como ella ha dicho, lo único que quiero es hacer cine junto a Minerva y ser feliz.

Noto una mano en mi hombro, me giro y es Borja, que viene con su tío, el de Estados Unidos, y un señor que lleva deportivas y una gorra con el traje. Lo acerca a mí y le dice:

—Checo, ¿recuerdas a Jaime, el amigo que te conté que está haciendo un máster en producción y dirección de cine?

—Claro. —Me sonríe afable y me da un buen apretón de mano.

Mi padre está gruñendo por detrás de mí cuando se acerca la embajadora de Estados Unidos en España. Por la cercanía con la que trata a Checo, se entiende que son amigos. Entonces mi padre se pone a mi lado muy sonriente, integrándose en nuestro grupo.

—Así que estás estudiando cine… —me dice Checo, con acento mexicano. Yo asiento con la cabeza—. Nosotros siempre estamos buscando nuevos talentos. ¿Estarías dispuesto a irte a Los Ángeles a trabajar?

—Jaime tiene muchas responsabilidades en España que no puede abandonar —contesta mi padre por mí con una sonrisa forzada.

—Discúlpeme, señor, está claro que entendí mal a Borja cuando me habló de su hijo, creí que estaba buscando trabajo en cine.

—A mi hijo lo que le sobra es el trabajo, ahora lo que le falta es hacerlo y dejarse de tonterías.

Aprieto los puños, la rabia que siento en este momento es tan grande que podría estallar.

Voy a contestar cuando el ruido estridente de un micrófono acoplándose acapara la atención de toda la sala. Todos nos giramos en dirección al escenario. Es el presidente de la Cámara de Comercio de Estados Unidos, que se dispone a dar un discurso.

Mi padre aprovecha que nadie nos mira para apretarme el brazo y decirme muy bajito, pero con un tono borde:

—Ya te puedes ir olvidando del cursito ese de cine por tu bien.

Muevo mi brazo de forma brusca para desasirme del agarre de mi padre. No sé cómo lo voy a hacer, pero no puedo dejar el máster ahora: no quiero volver a separarme de Minerva. No soy capaz de pasar por ese dolor tan inmenso otra vez. Puedo perderlo todo menos a ella. Las cosas materiales que puedo tener con la vida que me ofrece mi padre no tienen ningún sentido si he dejado escapar al amor de mi vida. Ahora ya sé que no me puedo enamorar de otra persona como de ella sabiendo que la única razón por la que no estamos juntos es que he sido un inmaduro y un cobarde. No puede ser. Tengo claro que la elijo a ella frente a todo lo demás. Ahora tengo que conseguir que me perdone y que confíe en mí, algo que no va a ser nada fácil.

CAPÍTULO 13

Minerva

—¡Gustavo! Tenía muchas ganas de verte.

Me abalanzo sobre él, que está en la puerta del despacho del departamento, y le doy un beso en la boca.

Necesito aferrarme a él de alguna manera. Después de que Jaime me asegurara que está enamorado de mí, no pude casi dormir y me pasé toda la noche escribiendo. Tenía que canalizar todo el caos de emociones que habitaba en mi interior.

No puedo seguir pensando en Jaime y en sus palabras que me confunden como un hechizo ni un minuto más. No, es mejor centrarme en Gustavo. Además, tengo una noticia increíble que darle.

—Vaya, ¿qué te pasa hoy que estás tan cariñosa? Hacía mucho tiempo que no te veía tan contenta.

—Sí, es que por fin he terminado el guion con el que estaba tan bloqueada. Lo he imprimido para corregirlo mejor. —Cojo el gran taco de folios de encima de mi mesa y se lo tiendo—. Es solo un borrador, pero me encantaría que lo leyeras y me dieras tu opinión.

Gustavo dirige una mirada de soslayo al taco de papel que tengo en la mano y aparta de sí el brazo con el que lo sujeto. Para no variar, cuando estoy a su lado, me siento pequeñita.

—Olvídate de eso ahora, tengo una buenísima noticia para ti: te he conseguido un puesto de profesora en el Grado de Comunicación Audiovisual. Lo hemos arreglado para que a la vuelta de las navidades dejes este máster que tanto odias —me dice con el tono condescendiente que utiliza siempre que habla conmigo de temas académicos o profesionales.

Un calor me sube por el cuerpo y aprieto la mandíbula al hablar, aunque intento sonar lo más calmada que puedo.

—Nunca te he pedido que hicieras eso por mí.

Dejo el guion con brusquedad sobre mi mesa.

—Si tú querías ser profesora del Grado… —Está extrañado de mi reacción, que quizá es desproporcionada, pero es que me está sacando de mis casillas.

—Sí, pero quería conseguirlo por mí misma —contesto, airada. Me separo de él para que se dé cuenta de que mi humor ha cambiado, todo por su culpa.

Odio que desprecie mis sueños profesionales de esta manera, hay otra forma de decir las cosas. Se supone que la persona que te quiere debería empujarte a conseguir tus metas, no chafar tus ilusiones por el camino.

—No te entiendo, siempre te estás quejando de que no te gusta dar clases a niños ricos, te consigo el puesto que tú deseabas, ¿y te pones borde conmigo en lugar de agradecérmelo?

«Lo que yo decía», pienso, «encima cree que me está haciendo un favor cuando decide por mí, como si yo fuese una cría que no puede planear su propia vida. Como si yo los necesitara a él y a su familia para conseguir algo a nivel profesional porque no soy capaz de hacerlo por mí misma».

—¿Ves? Eso es lo que no me gusta: no quiero tener que agradecértelo, no quiero estar en deuda contigo.

—En realidad no he sido yo, ha sido mi tío el que estaba en la Universidad de Buenos Aires, que ha vuelto a Madrid y se reincorpora como Decano de la Facultad.

—Peor me lo pones. —Estoy llegando a un grado de irritación que me temo que no podré controlar. Siempre igual. Esa es la razón por la que nunca he podido enamorarme de Gustavo. Es verdad que es un hombre excepcionalmente culto e inteligente y lo admiro por ello. Además, le tengo cariño y me gusta pasar tiempo con él, pero este tipo de situaciones son las que me tiran para atrás con nuestra «no relación». Por eso no ha progresado como se supone que debería hacerlo.

—Ya verás como os vais a llevar muy bien. En la ceremonia de nombramiento de mi padre te lo presento, le vas a encantar. —Intenta darme un beso, pero me separo de él—. Anda que te ha durado mucho lo de estar cariñosa conmigo, si ya me extrañaba a mí… De verdad que últimamente no entiendo lo que te pasa. Desde que das clases en el máster estás muy rara, por eso estoy seguro de que te vendrá bien dejarlo: no te hace feliz.

«Sabrá él lo que me hace feliz o no», pienso.

Se sienta a su mesa y se pone a mirar sus papeles, enfrascado.

¿Esto es todo lo que le importa lo que me pase? Luego dice Jaime que ve a Gustavo muy enamorado de mí, pues yo solo veo a un tío enamorado de sí mismo.

Vuelvo a coger el borrador y lo aprieto con fuerza mientras me dirijo a su escritorio.

—¿Quieres saber lo que me pasa? —pregunto con un tono muy seco. Gustavo me mira alucinado, nunca me he puesto así con él—. Llevo toda la mañana esperando ansiosa a que vengas al despacho para enseñarte mi guion, ese que tantas horas de sueño me ha quitado y en el que tanto de mí misma he puesto, y tú ni lo miras.

—Ya sabes que poner mucho de ti en una obra de ficción es un error. —Hago un esfuerzo titánico por contener las lágrimas de rabia. ¿Qué le pasa a este tío? ¿No puede, por una vez, respetar lo que es importante de verdad para mí? Alguien debería decirle que en este mundo no está solamente él, que los demás tenemos nuestra propia historia—. Además, ya no hace falta que pierdas tiempo escribiendo guiones que sabes de sobra que no van a ningún sitio.

—¿Cómo que no van a ningún sitio? ¿Me estás diciendo que nadie lo va a comprar?

Me arde la cara y aprieto tanto los puños que me clavo las uñas en las palmas de las manos.

—No, lo que quiero que entiendas es que los guiones no te van a dar de comer. Lo que va a pagar las facturas del tratamiento de tu madre es el trabajo fijo de profesora de la universidad. Creo que ha llegado ya el momento de centrarte en lo importante y olvidarte de sueños adolescentes.

Su tono vuelve a ser soberbio y no aguanto más las ganas de llorar. Este sí que es un golpe muy bajo. Tiro el guion a la papelera y me voy corriendo al baño porque no quiero que vea mis lágrimas. Lo último que me apetece es que encima me consuele con su habitual condescendencia. Estoy harta de sentirme la niña a la que él debe aleccionar. Hasta aquí he llegado.

Tengo que romper esta relación condenada al fracaso con Gustavo. No es solo porque me haga sentir como si fuera su hija en lugar de su pareja, es también por lo que me dijo Jaime anoche. Es absurdo seguir negándome a mí misma lo que está pasando con él y todo lo que me está haciendo sentir. El beso de anoche me despertó miles de emociones que llevaban años dormidas. Pensaba que nunca iba a volver a sentir eso por nadie, que eran sensaciones adolescentes y que el amor maduro era otra cosa. O quizá es que con Jaime vuelvo a ser una adolescente.

Estoy hecha un lío porque mi cerebro me dice que no me fie de él, que me va a volver a hacer daño. Parece imposible que él pueda tener un interés real en mí, ya que somos de clases sociales muy diferentes. Para él no puedo ser nada, más allá de un divertimento ocasional en la cama. Los chicos como Jaime se acuestan con chicas como yo, pero se casan con chicas como Cayi.

Sin embargo, mi cuerpo me pide que me libere, que pare de pensar y me deje llevar por lo que realmente deseo: llenarme de él hasta que me sacie. Aunque no sé si eso es posible, siento que mi cuerpo nunca tendrá suficiente Jaime. Vivo una lucha interna que no sé si la ganará mi parte racional o mi parte animal.

CAPÍTULO 14

Jaime

Estoy hecho un manojo de nervios, hay tantas cosas que me gustaría decirle a Minerva y no puedo...

En teoría estaba preparado y había ordenado mis ideas antes de venir, pero se me han vuelto a desordenar todas al acercarme a la puerta de su despacho. Si me la encuentro abrazada al gilipollas de su novio o su lo que sea, me muero.

Está vacío, ella no está; tampoco el imbécil, menos mal.

Es raro que esté abierto el despacho sin haber nadie dentro. «¿Habrá pasado algo?», me preocupo. Salgo al pasillo, pero está desierto. «¿Qué hago, pregunto en otro despacho?», pienso. Al final me pongo a caminar por el hueco que dejan las mesas como un león enjaulado.

Busco en la mesa de Minerva a ver si ha dejado alguna nota que explique su ausencia. Entonces veo un guion de cine con su nombre. No debería cogerlo sin su autorización, pero me produce mucha curiosidad.

Intento distraerme, pero es en vano. No puedo dejar de pensar en que tengo algo escrito por ella al alcance de mi mano. Recuerdo lo importante que era para Minerva llegar a ser guionista profesional algún día y escribir una obra maestra. Siempre di por hecho que lo conseguiría y nada me haría más feliz que vivirlo a su lado.

Termino cogiendo el guion para ojearlo. Lo poco que consigo leer me fascina.

De pronto oigo el crujido de la puerta detrás de mí. Me asusto y suelto el guion sobre la mesa con torpeza, de manera que sus hojas se desparraman, e incluso algunas caen al suelo.

—¿Jaime?

—¿Sí? —Me doy la vuelta, nervioso como un niño al que han pillado comiendo dulces antes de la cena, y miro sus ojos: están rojos e hinchados, como si acabara de llorar—. ¿Qué te pasa? —me preocupo—. ¿Necesitas algo?

Minerva permanece inmóvil, como recomponiéndose. Le cojo el brazo y siento una descarga eléctrica al tocar su piel. Como si también la hubiera sentido, Minerva parece despertar de su ensoñación.

—Estoy bien, de verdad.

—Tus ojos no dicen lo mismo. —Le acaricio la cara y ella abre la boca de forma instintiva, emitiendo un pequeño gemido. Me quedo mirándola y recuerdo todo lo que he imaginado tantas noches. Mi entrepierna reacciona y despierta.

—¿A qué has venido? —pregunta, separándose de mí.

«¿A verte?, ¿a olerte?, ¿a tocarte?», ahora mismo no puedo pensar en otra cosa. Me convierto en un salido patético cuando estoy cerca de ella.

—Para hablar del trabajo de clase —consigo contestar al fin.

—¿Y para eso tenías que desordenar mi mesa de esta manera? ¿Qué son todos estos papeles?

Enfadada, se pone a mirar el caos de folios y me siento mal por haberla cagado. Yo que venía para acercarme más a ella…

—Esto… ¿esto es mi guion? —pregunta muy seria y se gira para mirarme—. ¿Has cogido mi guion?

Se me acelera el corazón por los nervios.

—Lo siento mucho, me ha podido la curiosidad. Desde que me dijiste hace ocho años que querías ser guionista, he deseado leer algo escrito por ti.

—¿Para qué?, ¿para poder humillarme más aún?

Se me encoge el corazón al oírla decir eso. Me acerco a ella, que está ordenando el caos de folios.

—Me merezco que me digas eso, pero de verdad que yo nunca he querido hacerte daño, al contrario, siempre te he adorado.

—Pues no me quiero ni imaginar lo que me hubieras hecho, entonces, si me hubieras odiado.

No sé qué decir, tiene tanta razón… y me duele tanto todo lo que le hice…

Ella me mira con los ojos húmedos y se le escapa una lágrima que me duele en lo más profundo del alma. No quiero que llore por mi culpa, no puedo verla sufrir.

Le froto el brazo a modo de consuelo.

—Venga, no llores por un imbécil como yo. No me lo merezco. Tú vales mucho más que todo eso. —Levanta una ceja en un gesto de incredulidad—. Te lo digo en serio, pero si lo que has escrito es buenísimo… Ahora me da vergüenza contarte mi idea porque te va a parecer una mierda.

—Anda, no me hagas la pelota.

Sonríe y no quiero perder la oportunidad de que se esté ablandando conmigo.

—Venga, déjame que te invite a algo y hablamos largo y tendido sobre tu guion. —Me mira fingiendo enfado, pero sé que no es verdad—. Ya que lo he medio leído…

—¿Así que lo has leído?

Le pongo cara de cachorrito hambriento y se ríe. No hay mejor sonido en el mundo para mí.

—Lo tomaré como un *sí*.

La tomo de la mano y tiro de ella en dirección a la puerta.

—Espera que coja el bolso.

—Y el guion.

—No, que es una mierda.

Lo coge y lo tira a la basura.

—¿Cómo que es una mierda? Eso no es verdad.

Lo saco de la basura.

—Vuelve a tirarlo, no lo quiero volver a ver más, y mucho menos hablar de él.

—Vale, vale.

Lo suelto y levanto las manos por encima de mi cabeza fingiendo inocencia.

Minerva sale del despacho, vuelvo a coger el guion y lo meto en mi mochila. A mí me ha gustado mucho y lo quiero leer con tranquilidad, no pienso dejarlo en un cubo de basura. Para mí es una obra de arte. Si se entera de que lo he cogido, ya veremos cómo salgo de esa.

CAPÍTULO 15

Minerva

Siento un pinchazo en el estómago al estar allí de nuevo. Hace muchos años desde la última vez. Me hacía tanto daño el recuerdo de aquella tarde en el café, que nunca me permití volver, ni física ni mentalmente.

—¿Qué te parece el nuevo Café Comercial? ¿Te gusta más que el antiguo? —me pregunta Jaime.

—No sé qué decirte, todavía no lo he visto entero.

Acabamos de entrar y una ráfaga de recuerdos y emociones pasadas y presentes me invade de tal manera que me sobrepasa.

Nos dirigimos a la entrada del salón y miro a mi alrededor: al fondo, cerca de los espejos, hay un árbol enorme de Navidad. No hay más decoración festiva, cosa que agradezco porque la odio desde que me trae tan malos recuerdos.

—¿No has estado aquí desde que lo reformaron? —me pregunta y dudo por un instante qué contestarle. Termino negando con la cabeza—. Pero trabajas relativamente cerca de aquí y este sitio te encantaba.

No tengo ganas de dar explicaciones, así que me adentro entre las mesas de la planta baja y me siento en una de ellas. No quiero que subamos a la planta superior y revivir historias antiguas.

Me he puesto en un banco corrido para estar cerca de otra gente y no dar opción a demasiada intimidad.

Aprovecho que pasa un camarero para llamarlo y pedir algo de beber y de comer. Cuando se marcha, miro a Jaime y no sé qué decir: han pasado tanto tiempo y tantas cosas entre nosotros, que siento una enorme distancia. Aunque su mirada sigue siendo la misma de cuando estuvimos bien, aquellas navidades de dos mil catorce.

—¿Has escrito muchos guiones en estos años? —rompe el hielo.

—Sí, bueno…

—Siempre te encantó escribir y aspirabas a ser una guionista de prestigio algún día. Supongo que ese día ya ha llegado porque das clase en la universidad.

—En realidad solo soy profesora de un máster privado y me acabo de incorporar.

—¿Solo? ¿Te parece poco? —Ladeo un poco la cabeza y me coge las manos—. A mí me parece muchísimo. Estoy muy orgulloso de ti —declara con un brillo hipnótico en los ojos.

No puedo evitar que se me hinche el corazón al oírlo, pero no, no quiero eso, no quiero ilusionarme otra vez con Jaime. Ya sé que es un amor imposible.

—¿Y tú? —pregunto para desviar la atención de mí hacia él—, ¿cómo es que te has metido en este máster? Siempre he dado por hecho que trabajarías con tu padre.

—Ya, él siempre lo ha dado por hecho también.

—¿Entonces?

Este chico parece un libro cerrado.

—Lo intenté durante un par de años cuando terminé el doble grado, pero el trabajo no me llenaba nada y me deprimía cada día más el pensar que había renunciado a mis sueños.

—¿Y a tu padre le pareció bien que dejaras su empresa?

—Es que no la he dejado del todo.

—¿Cómo es eso? —pregunto mirándolo fijamente a los ojos esmeralda.

—Llegamos al acuerdo de que él me pagaba el máster a cambio de que yo no abandonara el *holding* familiar.

—Pero no tiene nada que ver con cine —me incorporo, porque cada vez entiendo menos lo que me cuenta.

—Ya, dentro del acuerdo entra el que adquiramos una productora.

—¿Así, tan fácil como comprar pan?

—Bueno —se ríe—, en realidad es más complejo, pero yo te lo he contado simplificado.

—Ah, muchas gracias por tener en cuenta mi simplicidad —le digo con tono burlón.

—Nunca he pensado eso de ti, ya lo sabes.

Me acaricia las manos y me quiero morir por lo mucho que me gusta que me toque. «Céntrate, Minerva», me reprendo.

—¿Pero entonces te vas a dedicar a producción, no a dirección?

Jaime resopla y le coge su jarra de cerveza al camarero, que justo acaba de venir con la comanda.

—En un principio me centraré en producción, que es donde está el dinero. Es decir, lo que le importa a mi padre, y más adelante intentaré dirigir proyectos.

—Al final, como te centres mucho en otra cosa, cada vez te va a resultar más complicado hacer lo que realmente te apasiona, porque lo otro se va comiendo tu tiempo.

—¿Me lo dices por experiencia propia?

Bajo la mirada hacia mi té y me entretengo removiendo el azúcar. Parece mentira cómo me conoce Jaime, teniendo en cuenta el poco tiempo que hemos pasado juntos, en realidad.

Coge mi barbilla para que lo mire y una corriente eléctrica me recorre de arriba abajo. Mi cuerpo se descontrola cuando me toca, por poco que sea. Está más que claro que sigue deseándolo como cuando teníamos dieciocho años.

Como no me muevo, Jaime aprovecha para acariciarme la mejilla con el pulgar. Eso provoca inmediatamente un cosquilleo en mi centro. Cómo me gustaría que me acariciara todo el cuerpo, pero no, tengo que mantenerme fría o, al menos, aparentarlo.

—Ahora, con las clases, no tengo casi tiempo de escribir.

—Pero acabas de terminar un guion.

—Que no vale para nada.

—¿Cómo puedes decir eso? A mí, por lo poco que he leído, me ha parecido que estaba muy bien.

Jaime sigue acariciándome y yo estoy cada vez más encendida, a pesar de todo el esfuerzo que hago por centrarme en la conversación.

—¿Solo has leído un poco y ya sabes que está bien?

—Suficiente. Además, solo por ser tuyo ya sé que es bueno.

Le quito la mano porque estoy a punto de entrar en combustión y me echo hacia atrás para tomar un poco de distancia.

—Anda, no empieces con tus zalamerías, aparte de que no eres un profesional del cine.

—Pero si estoy estudiando un máster con la mejor profesora, ¿eso no cuenta?

—¿Qué te he dicho sobre hacerme la pelota?

—Vale —dice entre risas—, ya paro.

—¿No estarás intentando que te apruebe sin hacer nada?

—¿Cómo puedes pensar eso de mí?

Levanta las manos tratando de mostrar inocencia y se le marcan todos los músculos del torso y de los hombros a través del fino jersey de lana gris que lleva. ¡Qué bueno está! Parece un dios griego. Me relamo mirándolo.

Entonces recuerdo cuando me besó en la primera planta y me prometió todas esas cosas que nunca cumplió. Me duele tanto que corto toda evocación del pasado y vuelvo al presente preguntándole por el trabajo de clase.

—¿Dónde está tu proyecto? Todavía no me has presentado nada.

—Lo tengo en mi casa, ¿te vienes y te lo enseño?

Levanta una ceja y le brillan los ojos. ¿Soy yo o esa pregunta tenía doble sentido? Se me estremece el cuerpo de pensarlo.

—¿Qué dices? Eso es absolutamente inapropiado.

—Pero si vivo aquí al lado, es solo cruzar la glorieta.

—Imposible, no puedo ir a casa de un alumno.

Se apoya en la mesa y me clava la mirada esmeralda. Está tan cerca que puedo oler su aliento a cerveza y me encanta, a mí, que casi nunca bebo…

—¿Soy solo un alumno para ti?

—Claro, ¿qué te pensabas?

No sé ni cómo consigo seguir contestando cosas coherentes, cuando solo veo sus labios carnosos llamándome.

—¿No somos amigos?

—Deja ya de intentar liarme.

—¿Te estoy liando?

Pega sus piernas a las mías por debajo de la mesa y sé que ya estoy perdida: voy a hacer todo lo que él me pida y más.

—No he dicho eso.

—Venga, no te lo pienses más, confía en mí.

Me coge de la mano y me saca del local. No sé por qué me dejo, teniendo en cuenta que la última vez que me dijo que confiara en él me traicionó. En realidad, sí sé por qué lo hago: en todos estos años no he dejado de desearlo en ningún momento, aunque no querría que esto fuera así.

Para sentirme más fuerte, me digo que ya no soy una cría ingenua de dieciocho años, aunque cuando estoy con él es como si no hubiera pasado el tiempo. ¿Será capaz de volver a engañarme y hacerme daño? ¿Volvería a sufrir como entonces?

CAPÍTULO 16

Jaime

Solo puedo pensar en poseerla como un troglodita. En el viaje en ascensor hasta mi piso, he tenido que hacer un esfuerzo titánico para no tirarme encima de Minerva. Su olor, mezcla de cítricos y jazmín, en un espacio tan pequeño, es demasiado para mí, pero me tengo que comportar porque, en teoría, hemos venido a que le enseñe mi trabajo de clase.

—Tu casa es impresionante —me dice adentrándose en el salón y mirando hacia todos lados—. Y vaya si está decorada de Navidad, ¿no?

Me río mientras tomo consciencia de los centros de mesa navideños con velas, la corona nevada, las guirnaldas doradas que cuelgan de los muebles del salón.

—¿Te enseño la terraza?

—Claro.

Salimos y se queda parada, mirando a su alrededor.

—¡Qué pasada, si hay chalés con menos jardín!

Vuelvo a reírme con su comentario.

—Anda, qué exagerada, no es tan grande.

—Claro, eso lo dices porque en tu mundo la gente no tiene casas, sino mansiones.

—Oye, que no solo conozco gente rica.

—Nooo, también a su servicio.

—No sé por qué me río —logro decir entre carcajadas—, me estás llamando clasista.

—Y pijo redomado.

—¡Oye! —me acerco a ella, que está apoyada en la barandilla y le hago cosquillas en la cintura.

Se ríe y me derrito por dentro. Podría vivir oyendo solo este sonido y sería feliz.

—Basta. —Me quita las manos de encima suyo—. Un respeto, que soy tu profesora.

—Yo te respeto hasta que me digas lo contrario.

La miro con una media sonrisa, resopla y gira su mirada hacia el exterior.

—¡Qué bonita es la glorieta de Bilbao! ¿Cómo es que vives aquí? ¿No está muy lejos de casa de tus padres y de tus amigos?

—Me encanta esta zona desde que vinimos juntos. Además, siempre guardé la esperanza de que algún día vendrías al Café Comercial y te volvería a ver.

—¿Para qué querías verme, si estabas con Cayi?

—Cuando compré esta casa no estaba con ella. En realidad, hace años que no estoy con ella en serio.

—¿Qué significa que no estás *en serio*?

—Es muy complicado…

—¿Muy complicado para que yo lo entienda?

—No quería decir eso. Joder, qué fácil me resulta cagarla contigo. —Me mira con los ojos muy abiertos porque no le está convenciendo nada de lo que estoy diciendo—. A ver, Cayi siempre ha formado parte de mi vida porque nuestras familias están muy unidas.

—Ah, eso me deja mucho más tranquila —dice con tono serio.

—La cuestión es que mi padre quiere que yo esté con ella a toda costa porque le interesa que nuestra familia se una del todo a la suya.

—Eso sería teniendo un hijo juntos.

—Supongo. —Agacho la cabeza.

—¿Y tú por qué no frenas todo esto si, como dices, no quieres a Cayi?

—Mi padre se dedica a machacarme y a chantajearme para que esté con ella.

—¿Cómo *a chantajearte*?

—Sí, con el máster, por ejemplo, me lo pagó a cambio de que estuviera con ella.

—¿Pero no dices que ya no estás con Cayi?

—Nos peleamos el día de la fiesta porque yo te quiero a ti. Eres la única mujer a la que he querido de verdad. —Pongo las manos en su cintura y siento una corriente eléctrica—. Cuando te vi restregándote con el tío ese, casi me da algo.

—¿El tío ese?

—Sí, lo odio por tener lo que yo quiero y no puedo.

—Tú siempre has podido tener todo lo que has querido.

—A ti no, y eres lo único que de verdad me importa tener.

—A mí me tuviste y pasaste de mí por Cayi, humillándome por el camino.

—Si supieras cuánto me he arrepentido de eso…

Aprovecho que la tengo agarrada para acercarla más a mí, puedo sentir su respiración en mi boca y la bragueta a punto de estallar.

Minerva pone las manos en mi pecho y empuja para separarnos.

—Las cosas no se arreglan tan fácilmente, Jaime.

—¿Qué tengo que hacer para que olvides lo que hice y me perdones?

—Hay cosas que no se pueden olvidar.

—¿Y perdonar?

Pongo mi mejor cara de niño bueno para ver si la ablando un poco.

—De momento, enséñame el trabajo de clase, que es a lo que he venido.

—Venga, vamos dentro.

La cojo de la mano y entramos en el salón.

—Antes no me había fijado en el árbol de Navidad tan grande que tienes —dice acercándose a él—. Es impresionante.

—¿Te gusta?

—Bueno, no soy muy fan de lo navideño, en general.

—¿Y eso?

—No las celebro desde que enfermó mi madre.

—¿Qué le ha pasado a tu madre?

—Tiene Alzheimer.

Me gustaría preguntarle cosas para poder entenderla, pero sus ojos se ponen rojos y se humedecen y no quiero entristecerla más.

Una lágrima resbala por su cara y se mete entre sus labios haciéndolos más jugosos que de costumbre. Voy a atraparla con el índice y Minerva, de forma instintiva, abre la boca. Noto cómo empiezo a endurecerme con esa visión. Me recreo acariciando sus labios, no lo puedo evitar.

—Yo adoro la Navidad porque me recuerda a los días tan bonitos que vivimos juntos y que quiero revivir.

Me mira y sonríe.

—No vas a parar, ¿verdad?

—No hasta que quieras besarme.

—¿Si te doy un beso pararás?

Pongo la mano en la parte baja de su espalda y acerco mi boca a la suya.

—Prueba —le digo con la voz ronca por la excitación—, pero no te aseguro nada.

Junta sus labios con los míos y ambos se aprietan con el ansia de dos personas que se desean desde hace mucho tiempo. Nuestras lenguas juegan y se enredan, sensuales.

—Jaime —dice Minerva en un gemido de placer y noto mi pantalón apretarse más aún.

—Si sigues así, no me voy a poder controlar —digo con la voz más grave de lo habitual.

—No lo hagas —me susurra al oído y me lame la oreja mientras aprieto mi sexo contra el de ella—. Estoy harta de hacer siempre lo correcto.

—Y yo lo que los demás esperan de mí. Solo quiero hacer lo que tú más desees.

Minerva

Jaime me coge con sus fuertes brazos y vamos a la mesa del comedor. Se coloca entre mis piernas y me besa con ansia.

—Cuánto te he deseado —dice con la respiración agitada.

—Y yo a ti.

Mi pecho se mueve arriba y abajo dentro del generoso escote de mi camiseta. Jaime saca uno de mis pechos por encima de la ropa liberando el rosado pezón y lo lame con gusto. No puedo reprimir el gemido de placer que sale por mi garganta y él le da suaves mordiscos.

—Te necesito dentro de mí.

—¿Ya estás preparada?

—Sí que lo estoy, te lo aseguro —contesto.

—Voy a comprobarlo.

Jaime me quita las bragas y se agacha entre mis piernas para lamerme. Cuando su lengua entra en contacto con mis pliegues noto la reverberación de un gruñido suyo en la piel.

—Sí que estás mojada, pero quiero más.

Sube con la lengua hasta mi clítoris. Lo lame de arriba abajo y luego en círculos. Respiro cada vez más rápido y noto cómo se hincha cada vez más. Lo succiona y estallo en un grito de placer.

—Ahora sí que estás preparada para mí —dice lamiendo mis jugos.

Se pone en pie, libera su enorme dureza, se coloca un preservativo y me penetra.

Los espasmos de placer me recorren todo el cuerpo con cada embestida. Lo beso y le muerdo el labio inferior para no gritar de gusto.

—Me pone muchísimo tenerte así, disfrutando entre mis brazos —me dice.

Noto su creciente excitación y me encanta.

Aprieto su culo contra mí para sentirlo lo máximo posible, lo necesito mucho. Al tenerlo tan pegado, notó cómo su cuerpo me roza el clítoris y cada vez me gusta más.

El placer me envuelve. Entonces, él me aprieta un pezón y estallo.

Jaime, al sentirme temblar, también explota y se derrama dentro de mí como si nunca se hubiera corrido.

Me sonríe y me besa, esta vez con suavidad. Todavía tenemos los labios hinchados.

—Si llego a saber que el premio por enseñarte el trabajo era este, lo habría hecho según lo mandaste —bromea.

—Pero si no me has enseñado nada. Qué poca vergüenza tienes.

Me río de pura felicidad y él conmigo. Nos abrazamos y vuelve a hacerme promesas de sinceridad que acallo con miles de besos.

Entonces suena su móvil, mira la pantalla y lo silencia.

—Es Cayi —me informa—, pero ahora lo último que me apetece es hablar con ella.

—No quiero parecer una celosa patológica, pero no entiendo por qué te llama si no estáis juntos.

—Ya te he dicho que nuestras familias tienen muchos negocios en común, pero solo nos queremos como amigos, nunca lo haremos como pareja.

—¿Por qué no se lo decís a vuestros padres, os plantáis, y ya está? Vivimos en el primer mundo en el siglo XXI.

—Nunca había tenido la fuerza ni la motivación suficiente para enfrentarme a mi padre, pero ahora estoy dispuesto a todo para recuperarte y poder estar contigo. Te lo prometo. ¿Y tú con Gustavo? —me pregunta—, ¿le vas a contar lo que ha pasado entre nosotros?

—Esta tarde nombran Profesor Emérito a su padre y hace tiempo que me comprometí a ir a la ceremonia. Cuando todo termine, hablaré con él.

—¿Para romper?

—Claro, tonto —me río y me besa.

Veo de fondo la pantalla de su móvil encenderse varias veces y mi cuerpo se estremece por el miedo a que Jaime me traicione otra vez y el dolor se repita. Me aprieto muy fuerte. Necesito que esta vez todo salga bien.

«¿Por fin vamos a conseguir que funcione lo nuestro?», me pregunto abrazada a él.

CAPÍTULO 17

Minerva

Un sudor frío me recorre la espalda.

Me quedo helada al oír sus últimas palabras. ¿Me ha llamado *futura nuera*? ¿El padre de Gustavo acaba de decir en su discurso de agradecimiento por el nombramiento como Profesor Emérito que su hijo y yo nos vamos a casar?

El salón de actos en el que estamos por momentos se agranda y lo siento inmenso y lleno de gente que aplaude emocionada y me mira. A mí, que odio ser el centro de atención en cualquier sitio.

Esto no puede estar pasando. Me siento muy pequeña y vulnerable en este momento.

Sonrío de vuelta, intentando esconder la cabeza dentro del fular que llevo alrededor del cuello, ¿qué voy a hacer, si no?

Después de lo que habrán sido unos segundos, pero que a mí me han parecido una vida entera, la ovación se acalla. La gente se levanta para saludar a mi no futuro suegro y yo aprovecho para huir al baño a toda prisa.

Una vez allí y tras unas respiraciones profundas, pienso que este hombre está mayor y no sabe lo que dice. Al final todos los padres de esa época lo que quieren es que sus hijos se casen. Así que decido no darle más importancia.

Entonces, suena mi teléfono. Es uno de los médicos que están tratando a mi madre en el hospital.

—Minerva, perdona que te moleste un sábado a estas horas, pero me acabo de enterar de que se ha quedado libre una plaza en la residencia de la que te hablé.

—¡Qué bien! —contesto un poco aturdida.

—Lo malo es que la plaza que ha quedado libre es privada y son muy caras, pero con el tiempo podrías optar a una pública.

—Entiendo —digo, pero tengo el corazón en un puño. ¿Cómo voy a poder pagar lo que vale una plaza privada?

—Ya sabes que son especialistas en Alzheimer, muy prestigiosos y tienen mucha demanda.

—Sí, recuerdo que me lo comentaste.

—Te lo digo porque me tienes que decir ya si quieres la plaza para tu madre, o llamo a los familiares de otro paciente.

Me quedo callada, mi cabeza va a mil por hora. Esto me sobrepasa, pero ¿cómo voy a negarle nada a mi madre, que lo ha dado siempre todo por mí, cueste lo que cueste?

—Claro que la quiero —contesto al fin.

—Verás cómo te vas a alegrar de la decisión que has tomado.

Mientras me dirijo a la sala en la que se celebra el cóctel posterior, pienso que mi vida se complica y no sé cómo voy a hacer para afrontar todo esto.

Gustavo se me acerca, acompañado de un señor mayor calvo.

—Este es mi tío, el que te conté que ha vuelto de la Universidad de Buenos Aires.

—Es un placer conocerte al fin —me dice el señor estrechándome la mano con una amplia sonrisa.

—Igualmente. —Sonrío.

—Me dijo mi sobrino que te hacía mucha ilusión incorporarte como profesora titular al departamento.

Me enfado con Gustavo. Está claro que no me escucha porque eso no fue lo que yo hablé con él.

Estoy a punto de decirle al tío que no quiero un trabajo regalado por ser la novia de alguien. Entonces recuerdo la llamada que acabo de recibir y me vengo abajo. No me puedo permitir el orgullo, eso es para los ricos, no para gente como yo. Tengo que aceptar el trabajo, agachar las orejas, sonreír y estar agradecida de poder tener un empleo fijo, dadas mis circunstancias.

—Sí, estoy encantada —miento y fuerzo una gran sonrisa.

Gustavo me pasa una copa de champán y se pone a chocar una llave contra su copa para llamar la atención de los asistentes. Supongo que querrá decir unas palabras sobre el nombramiento de su padre, lo orgulloso que está, etcétera. Anda que no le gusta soltar rollos, por eso le encanta ser profesor.

Todos nos miran. Gustavo se arrodilla frente a mí con una caja de anillo en la mano. Silencio sepulcral en la sala.

No, esto no puede estar pasando. Tengo una pesadilla y me voy a despertar.

—Minerva, quiero que todos estos familiares, amigos y compañeros sean testigos del amor tan grande que siento hacia ti. ¿Quieres casarte conmigo? —Y abre la caja para que se vea el anillo que contiene.

Me falta el aire, podría morir asfixiada ahora mismo. Solo quiero huir, pero todo el mundo me mira, expectante. Los brillantes del anillo apuntan hacia mí. ¿He dicho ya que no soporto ser el centro de atención?

Gustavo empieza a balancearse por lo incómodo de su postura y de la situación.

No se me ocurre nada que decir que sea verdad y no me haga quedar como una persona horrible.

—Sí, quiero.

La sala estalla en un aplauso atroz por la emoción contenida.

Gustavo me pone el anillo y se levanta. Me tiro a abrazarlo por los nervios del momento y porque necesito esconder la cara en algún sitio.

Me siento muy mal: estoy engañando a todos, esto no es lo que quiero.

Aunque tampoco sé cómo voy a salir de la situación ahora. ¿Podría ser mi vida peor en este momento?

CAPÍTULO 18

Jaime

Me he quedado helado. No me puedo creer lo que estoy viviendo. Esto tiene que ser una alucinación de mi mente.

¿Acabo de escuchar a Minerva, el supuesto amor de mi vida, decirle al imbécil que sí se quiere casar con él?

Al salir de clase he visto gente muy arreglada entrando en una sala de la Facultad y me he imaginado que sería la ceremonia de la que me habló Minerva, esa a la que dijo que iría por compromiso. Maldita la hora en la que se me ha ocurrido asomarme para cotillear.

Mi mundo se desmorona mientras veo cómo los futuros novios se abrazan rodeados por un montón de gente que aplaude feliz. No saben que aquí se está muriendo alguien, que un corazón se está apagando.

Cuando pensaba que nada podría ser peor, noto un golpe en mi hombro. Sé exactamente quién es.

—Enhorabuena por el embarazo de Cayi, tío. Qué callado os lo teníais —me dice Borja a voces, justo en el momento en el que han parado los aplausos y la sala está en silencio.

Todo el mundo se gira hacia nosotros, Minerva y su futuro marido incluidos, y se me corta la respiración.

La cara de ella es indescriptible.

Camina hacia nosotros agarrada de la mano del otro.

Mi angustia crece y el corazón me late tan rápido que podría estallar en cualquier momento.

—¿Qué dices, tío, te has vuelto loco? —Me estoy mareando. Minerva tiene la mirada clavada en mí y es de total decepción, aunque esta vez ella no se ha quedado atrás haciendo daño—. Borja, no gastes esas bromas porque no tienen ni puta gracia.

—¿Qué coño broma? Me lo ha contado mi madre esta mañana. Cayi está embarazada de un mes.

No puede ser verdad. Minerva tiene los ojos rojos, aunque no dice nada ni se mueve.

—Enhorabuena, entonces, ¿no? —dice Gustavo y me planta dos besos en la cara—. Una nueva vida siempre es una alegría. A ver si nosotros no tardamos mucho, que yo ya tengo unos añitos. Voy a por unas copas de champán y brindamos juntos.

Se aleja y Borja me mira con cara de confusión.

—Es que Minerva y él se van a casar, por lo visto —digo con tono de asco.

—Anda —exclama Borja—, qué de noticiones juntos. Bueno, supongo que Jaime y Cayi también se casarán, teniendo en cuenta las circunstancias.

—Todos hemos sabido siempre que se casarán, lo que no se entiende es por qué le dan tantas vueltas y marean tanto a todo el mundo —añade Minerva imitando mi tono de asco.

—Tienes toda la razón —suelta Borja entre risotadas—. Y yo que hasta le dije a Jaime que se liara contigo para que le pusieras la mejor nota del máster y que así su padre le comprara la productora… Pues va a ser que era imposible porque los dos os vais a casar con otras personas.

—Anda, esa no me la sabía yo, qué divertido —dice Minerva con su mejor sonrisa falsa.

Minerva

¿Creía que mi situación no podía empeorar? ¡Qué ingenua! Encima esta mierda ya la viví hace siete años. Las imágenes del pasado se agolpan detrás de mis ojos, la cabeza me da vueltas y creo que voy a vomitar.

Recuerdo el primer día de clase después de haber perdido la virginidad con Jaime. Yo estaba ansiosa de volver a verlo. Él estaba un poco raro por teléfono y no habíamos podido quedar antes.

Una parte de mí sentía que algo iba mal, pero otra lo achacaba a mis habituales miedos. Jaime me había dicho esas navidades de todas las maneras posibles lo mucho que yo le gustaba y, además, me lo había demostrado con su cuerpo.

Necesitaba verlo y que se esfumaran todas mis inseguridades, como todos los días atrás en los que habíamos estado juntos. A su lado me sentía en calma y feliz.

Jaime vino tarde a la primera hora de clase, así que yo estaba deseando que llegara el recreo para poder hablar con él. Antes de que sonara el timbre, ya tenía mis cosas recogidas para salir volando, pero él fue más rápido y se esfumó.

Me llegó un mensaje suyo pidiéndome que nos viéramos detrás del comedor.

—Va a cortar conmigo —le dije a Sara, al borde del infarto.

—No te pongas dramática, que seguro que lo que pasa es que quiere enrollarse a gusto contigo sin que nadie os moleste.

—¿O sin que nadie nos vea porque se avergüenza de mí?

—Anda, vete ya y verás como son todo exageraciones tuyas. Luego me cuentas.

Cuando llegué donde habíamos quedado, Jaime estaba allí solo y muy serio. El estómago se me encogió y se me aceleró el corazón. Caminé despacio porque sentía que me acercaba a un abismo.

A él se le iluminó la cara y sonrió al verme, y por un momento sentí que Sara tenía razón y mis miedos eran infundados.

Me acerqué a darle un beso y él abrió la boca para recibirlo, pero, de repente, se apartó de mí con brusquedad.

Oí una risotada acercándose por detrás de mí y no dudé de quién era.

—¡Zanahoria!, ¿qué te han traído los Reyes, el manual de la perfecta empollona? —Todos sus amigotes se rieron a coro—. O a lo mejor les pediste morrearte con el novio de mi prima. Parece que era eso lo que ibas a hacer. —Las risas eran ya atronadoras. Me sentía muy pequeña y ridícula allí en medio sin ser capaz de contestar nada.

—¿Tú eres gilipollas o qué te pasa? —le contestó Jaime.

Lo miré a la cara, al que creía mi novio, ese que unos días atrás me había prometido que no iba a consentir que ninguno de sus amigos se burlara de mí. Ahora su reacción no parecía protegerme en absoluto. Además, estaba paralizado mirando por detrás de mí a lo lejos.

Me di la vuelta y allí estaba ella, Cayi, escoltada por sus amiguitas guais y más guapa que nunca. Venía directa hacia Jaime.

—Necesito hablar contigo ahora mismo —dijo muy seria.

—Sí, claro—contestó él sin dudar y como un corderito, su corderito, el de Cayi, como siempre había sido.

Se marchó con ella agarrada de su brazo sin mirar atrás. Ese día no se acercó más a mí en el colegio, así que después, en la ruta de vuelta a casa, bloqueé su contacto en el móvil.

Sara no estaba de acuerdo, ella pensaba que debía intentar hablar con él y entender lo que había pasado, pero no me hacía falta. Sabía perfectamente lo que sucedía: solo había estado conmigo para divertirse. Su novia era Cayi y lo iba a seguir siendo. No me compensaba encararme con él y correr el riesgo de volver a ser humillada públicamente y sufrir más dolor aún. Aunque ya no cabía en mí mayor sufrimiento.

No me volvió a mirar a la cara en lo que quedaba de curso. Nunca supe si era por vergüenza o por indiferencia absoluta.

En la actualidad tampoco sabía por qué se había esforzado tanto en bajar mis defensas para ahora hacerme esto, pero daba igual porque no le iba a dejar acercarse a mí nunca más.

CAPÍTULO 19

Minerva

Me despiertan unos niños que cantan villancicos a gritos en el patio de casa. El horror. Esa sensación de que todo el mundo es feliz a tu alrededor cuando estás deprimida. Aunque esa palabra se queda corta para describir lo hundida que estoy.

Anoche estuve llorando hasta que me quedé dormida de puro agotamiento y ahora siento que me va a estallar la cabeza del dolor.

Lo poco que he dormido han sido sueños vívidos con Jaime y Cayi como protagonistas. Maldita Cayi, ¿por qué siempre la termina prefiriendo a ella? ¿y por qué Jaime tiene que utilizarme a mí y destrozarme cuando se pelea con ella?

Podría encender el ordenador y aprovechar lo poco que queda de mañana para corregir. Siempre me he refugiado en el trabajo y en los estudios para no pensar en mi propia vida, pero ahora mi trabajo está ligado al imbécil de Jaime. Hasta eso me ha estropeado.

Miro el móvil para ver qué hora es y veo miles de llamadas y mensajes, algunos de un número que no conozco. Me da igual todo, no quiero saber nada de nadie. No hay cosa alguna en el mundo ahora mismo que pueda hacerme sentir mejor. Bueno, sí, un ibuprofeno.

Rebusco en mi bolso y nada. Voy al armario de las medicinas y tampoco hay suerte. Mierda, voy a tener que salir de casa y rápido, porque, al ser veinticuatro de diciembre, la farmacia cerrará a mediodía.

Me pongo lo primero que pillo y bajo a la calle.

Veo a Cayi salir de un coche y venir hacia mí y me parece estar alucinando. ¿Hasta tal punto llega mi obsesión con ella?

—Minerva, ¿podemos hablar un momento? —Tuerzo el gesto como respuesta—. Necesito contarte la verdad de todo y que perdones a Jaime.

—Pues, entonces, ya te puedes marchar por donde has venido porque eso es imposible.

—No tomes una decisión drástica sin haber hablado conmigo primero. —Me mantengo en silencio con mi mejor cara de asco—. Por favor —me suplica.

—Está bien, pero en cuanto algo no me convenza, me voy.

Me abrazo a mí misma por el frío y por la sensación de indefensión. Cayi mira mis pintas de arriba a abajo y me propone:

—¿Vamos a tomar algo?

—No tengo ganas de ir a ninguna cafetería así vestida.

—¿Nos metemos en mi coche y pongo la calefacción?

—Está bien —cedo al fin. La verdad es que tiene un cochazo enorme y cuando entro puedo comprobar que es tan cómodo como parece desde fuera—. Tú dirás —la miro, expectante.

—Es verdad que estoy embarazada…

—¿Vienes a decirme eso?

Cayi titubea, parece como si no se atreviera a decir lo que piensa en voz alta. Por una vez en la vida, la veo dudar, no parece la chica que siempre estuvo por encima de mí.

—Pero no es de Jaime, sino de Nacho —dice al fin.

—¿Cómo?

—Un chico con el que he tenido idas y venidas desde los diecisiete años.

—Sí, sé quién es. —Me mira con cara de extrañada— A ver, no lo conozco, pero he oído cosas.

—Por él rompimos Jaime y yo la primera vez, aquellas fatídicas navidades de 2015. Nunca debimos volver, pero éramos muy jóvenes y no supimos manejar lo que nos vino encima.

—¿Qué os vino encima?

—Me quedé embarazada.

Lo dice con la cabeza gacha, sin mirarme a la cara, como si fuera algo tan bochornoso o duro que no es capaz de aceptarlo siete años después.

—¿Qué? —pregunto dando un brinco en mi asiento por lo alucinada que estoy.

—Nunca supimos si era de Nacho o de Jaime. El caso es que a mis padres no les gustaba Nacho porque les parecía un vividor, así que para ellos solo había un padre posible para mi bebé…

—Jaime —intervengo.

—Sí, dijeron que bastante vergüenza era ya que su hija se hubiera quedado embarazada con diecisiete años, como para que encima el bebé no fuera de mi novio de siempre.

Las lágrimas escapan de sus ojos y no trata de contenerlas. Parece muy afectada.

—¿Y qué hiciste? —le pregunto.

Estoy alucinando bastante con la historia. «¿Esta gente vive manejada por su padres, o qué? ¿Y no conocen los anticonceptivos?», pienso.

—Hablé con Jaime y me dijo que no me preocupara, que él me apoyaría pasara lo que pasara. A Nacho no llegué a decirle nada, porque pasé tanta ansiedad y tales nervios con la situación, que perdí al bebé.

El llanto no le permite seguir hablando.

—Lo siento —digo. Me da pena que haya pasado por algo tan duro, aunque una parte en mí está enfadada con ella porque todo esto también me afectó y me hizo daño.

—Sufrí muchísimo y es algo de lo que nunca me he llegado a recuperar del todo.

—¿Y por qué Jaime no me explicó lo que había pasado?

—A Jaime le pedí que no contara nada a nadie sobre mi embarazo ni mi aborto porque para mí era un tema tabú. Ni siquiera le dejé que te lo contara a ti, cuando en el fondo siempre supe que tú eras el amor de su vida y quien realmente lo hace feliz.

—Pues no me parece justo, Cayi. Yo no pasé por algo tan duro como lo tuyo, pero también sufrí mucho.

—Lo sé —me dice entre sollozos—. Fue algo muy feo y egoísta, y no me siento orgullosa de ello. Quería pedirte perdón por haberos hecho daño de forma indirecta. Esta vez no puedo permitir que te vuelva a perder por mi culpa.

—Mira, yo ya no tengo ninguna gana de estar en medio de esta relación tan complicada que tenéis y que nunca entenderé.

—Mi relación con Jaime nunca más traspasará los límites de la amistad. Este embarazo para mí es una segunda oportunidad que me da la vida de hacer las cosas bien y lo voy a proteger a toda costa. Nacho es el padre de mi hijo y el hombre del que he estado realmente enamorada siempre. Por eso vamos a estar juntos, sin importarnos la opinión de mis padres ni de nadie.

—Aunque tú no vayas a estar con Jaime nunca más, yo he perdido la confianza en él y para mí es irrecuperable.

—Ahora mismo está destrozado por todo lo que ha pasado entre vosotros. Supongo que tú también porque sois el uno para el otro.

—¿Lo somos? ¿Tú crees? No me demostró nada entonces y ahora… —Me mira y le pongo cara de circunstancias—. No sé qué pensar, Cayi. Necesito procesar toda esta información y tengo que prepararme para ir a ver a mi madre —digo abriendo la puerta del coche.

—Lo entiendo, pero la vida os ha dado otra oportunidad a vosotros también, no la dejéis pasar por malentendidos. En realidad os queréis—. Me mira con los ojos húmedos y añade—: Feliz Navidad.

Me marcho sin contestarle. No tengo ninguna gana de estar simpática con ella, y mucho menos después de todo lo que me ha contado. No solo no ha conseguido que perdone a Jaime, sino que ahora estoy más enfadada que nunca con los dos. «¿De verdad creía Cayi que las cosas se podían arreglar así? Además, ¿por qué no ha venido Jaime a contarme todo esto? Si le importara tanto como dicen, lucharía más por mí», pienso.

CAPÍTULO 20

Minerva

Tengo el cuerpo revuelto por la mezcla de sentimientos encontrados y todo lo que necesito ordenar en mi mente.

Acabo de llegar a casa y todavía queda un rato largo para que sea la hora de visita en la residencia. Si invierto todo este tiempo en darle vueltas a la cabeza, me voy a volver loca.

Decido distraerme un poco corrigiendo trabajos de clase y veo el de Jaime. Ha colgado el tráiler que les pedí en YouTube y me ha enviado el enlace.

Entro a verlo y alucino al ver que está basado en mi guion. Debió de cogerlo en el despacho. No puedo evitar emocionarme y que se me salten las lágrimas. Por un lado, me parece fatal que lo haya utilizado sin mi permiso. Sin embargo, me puede más lo mucho que me halaga el que le haya gustado tanto como para hacer el tráiler de clase con él y que lo haya hecho público.

Nada que ver con Gustavo, que lo único que hizo fue despreciarlo y hacerme desistir de perseguir mis ilusiones. Para él solo existe un camino: el suyo y de su familia, y el que se sale de ahí, está equivocado.

El gesto que ha tenido Jaime ha derrumbado por completo todos los muros emocionales que había levantado para protegerme de él. En realidad, lo que mi alma más desea es que la vida sea más fácil y que los sueños se puedan hacer realidad. Eso es poder estar con el amor de mi vida, Jaime, y hacer cine con él. Nada me gustaría más que dedicarme a escribir guiones que luego él dirija. Siempre dijo que creía en mí y que me apoyaría. Y esto que ha hecho demuestra que no mentía: de verdad piensa que tengo talento y que mi trabajo merece ser llevado a la gran pantalla.

Para mí sería maravilloso poder estar con un hombre que me valore a nivel profesional. Sin embargo, estoy comprometida con uno que siempre me verá un escalón por debajo de él.

Estoy hecha un lío entre lo que siente mi corazón y lo que piensa mi cabeza. ¿Qué hago? ¿Dejo la seguridad de un trabajo en la universidad por irme con un chico que vive atado a su padre porque no se atreve a enfrentarse a él?

Tengo claro que amo a Jaime, pero ¿qué pasaría con mi madre si dejo a un hombre maduro y centrado por un niño de papá? También la quiero mucho a ella y le debo todo y más. No puedo jugar con su bienestar y arriesgarlo.

«De todas maneras, ¿debería ir a hablar con Jaime, aunque solo sea para decirle que me voy a casar con Gustavo porque nuestro amor es imposible? Así zanjaría ya este tema para siempre. Ojalá mi madre pudiera darme su opinión», pienso mientras lloro sola en casa.

Mi angustia aumenta cuando estoy en la residencia.

No sé por qué, todo lo que tengo dentro me sale cuando estoy con mi madre. Quizá sea porque al no contestarme, hablo sin parar y termino vaciando mi cabeza.

—Me da mucha pena que vayamos a pasar la Nochebuena cada una por nuestro lado —le digo. Siento que no tendría que haberla metido en una residencia justo en estas fechas, aunque tampoco es que tuviera otra opción—. ¿Por qué tiene que ser todo tan difícil para nosotras, mamá? Seguro que si estuviera papá, no habría consentido que estuvieras sola aquí y se hubiera ingresado contigo. Menudo era mi padre, y cómo te adoraba. Eso sí que era amor verdadero.

Noto un nudo en el estómago y necesito parar de hablar para recomponerme.

Mi madre no me contesta, pero siempre que le hablo de mi padre, me da la sensación de que me entiende de alguna manera porque sonríe y le brillan los ojos. La abrazo y sigo desahogándome con ella:

—No sé qué hacer con Jaime: por un lado, he sufrido muchísimo por él, pero, por otro, solo soy capaz de sentir de verdad cuando estamos juntos. Mi cuerpo se estremece entero solo de pensar en él. Ojalá todo fuera más fácil. Me encantaría que nunca me hubiera hecho daño y poder estar con él. Pero, ¿qué hago?, ¿ignoro lo que me ha ocultado todo este tiempo?

Le cojo las manos con dulzura y sigo contándole:

—Mamá, es que lo que me ha contado Cayi es muy fuerte, no sé cómo tomármelo. Dice que cuando estábamos en el colegio y Jaime pasó de mí, era porque se había quedado embarazada y no sabía si el bebé era de él.

»Por un lado, es muy bonito que se responsabilizara de todo y la apoyara, ¿pero tenía que humillarme y pasar de mí sin ninguna explicación para ello?

Me levanto y camino en círculos mientras divago:

—Con Gustavo es todo más fácil, no hay tanto drama, aunque tampoco una pasión comparable a la que tengo con Jaime, la verdad. Mi relación con

Gustavo siempre ha sido algo a medio gas: no hay sufrimiento, pero tampoco una gran felicidad.

»Por otro lado, el feo que me hizo el otro día de no querer ni mirar mi guion fue muy desagradable y soberbio por su parte. Ahora no puede pretender que yo haga como si nada hubiera pasado.

Me siento de golpe enfadándome otra vez al recordarlo. Miro a mi madre, que me sonríe, y sigo hablando:

—De verdad que no entiendo cómo ha pensado que nuestra relación estaba en el punto de casarnos. Al final tenían razón Maggie y Jaime en que Gustavo no veía las cosas como yo. Por no hablar de que toda la familia ha sido cómplice de la encerrona.

»Aunque, tan loco no estaba, cuando le he dicho que sí. Ha conseguido lo que quería, aunque nunca lo voy a amar como a Jaime. He pasado siete años intentando olvidarlo sin éxito. Presiento que podría estar así una vida entera y no conseguirlo. Entonces, ¿qué sentido tiene huir de él, si mi alma le pertenece?

Vuelvo a levantarme para acercarme una taza de té que tengo desde que he llegado sobre la mesa en la que estamos sentadas. Estará frío ya, pero no me importa. Le doy un trago y retomo mi desahogo:

—Gustavo me ofrece un futuro profesional estable y con el que ganaría el dinero suficiente para pagarte la residencia que tú te mereces, mamá. Y nada puede estar por delante de ti, tú eres lo más importante de mi vida.

La miro. No sé si me entiende, pero me hace tanto bien hablar con ella que sigo:

—Además, la riqueza de la que disfruta Jaime, en realidad es de su padre y está condicionada a que cumpla sus deseos. Si está conmigo, no tendrá nada, aparte de que yo no quiero el dinero de su familia ni el de nadie. Soy una mujer independiente. Os encargasteis muy bien papá y tú de hacerme como soy. Estoy muy orgullosa de ello y os lo agradezco muchísimo. Está claro, eso solo me deja una opción.

Decidida, cojo el bolso del respaldo de la silla y me levanto para darle un beso de despedida y avisar a una enfermera.

—Hija, lucha por tu felicidad, no te conformes —me dice mi madre en un breve destello de lucidez.

«¿Ha entendido todo lo que le he contado?», me pregunto. Mi madre siempre me apoyó para que fuera guionista, pero cuando enfermó yo pasé a ser la responsable de su bienestar y decidí centrarme en aquello que lo garantizaba. Poco a poco fui dejando a un lado mis sueños, hasta que dejaron de tener cabida.

«¿Ha llegado el momento de retomarlos? ¿Debo pensar en lo que realmente deseo y seguir a mi corazón?»

CAPÍTULO 21

Jaime

Esta es la peor Nochebuena de mi vida, sin lugar a duda. Echo muchísimo de menos a Minerva, no puedo dejar de pensar en ella. Desde el fatídico día en el que me enteré de que iba a casarse con el imbécil, mi vida no tiene sentido. No tengo ninguna gana de interactuar con nadie y mucho menos de estar simpático.

Me destroza pensar que Minerva crea que Cayi está embarazada de mí, cuando eso no es verdad. Borja es un bocazas y siempre lo lía todo, aunque no sea esa su intención. Ya me hizo algo parecido cuando teníamos dieciocho años y yo iba a hablar con Minerva para explicarle lo que había pasado con Cayi. Necesitaba que supiera que la quería, aunque no pudiera estar con ella, y Borja tuvo que meter la pata diciéndole unas cosas horribles. Ahí tendría que haberle partido la cara, pero apareció Cayi y yo estaba tan agobiado con su embarazo que pensé que más tarde podría aclarar las cosas con Minerva. Gran error por mi parte; otro de tantos que me han traído hasta el pozo de mierda y desesperanza en el que estoy hundido ahora.

Cayi me pidió que no contara nada a nadie sobre su embarazo, y lo entendí, ya que se habría montado un revuelo muy difícil de manejar para ella. Entonces, Minerva me bloqueó, todo se complicó, y supongo que el principal problema fue mi habitual cobardía.

Nunca debí permitir que la falta de valor me alejara de la mujer de mi vida. Tendría que haber intentado hablar con ella de todas las formas posibles. Como ahora, que he querido aclararle lo de Cayi, pero no ha habido manera porque me ha vuelto a bloquear.

Debería plantarme en la puerta de su casa hasta que acceda a escucharme. Aunque ahora todo es diferente, porque se va a casar con otro hombre, y yo oí cómo daba el *sí quiero* antes de que Borja le dijera nada del embarazo de Cayi.

De todas formas, ¿voy a conformarme con lo que ha pasado y sin luchar, una vez más? ¿Me quedaré impasible mientras Minerva se casa con un tío del que, estoy seguro, no está enamorada?

—Hijo, ¿qué te pasa hoy que estás tan distraído? —me pregunta mi madre.

—Estará pensando en que no puede retrasar más su boda con Cayi, ahora que está embarazada —contesta mi padre por mí.

—El bebé no es mío —respondo con tono seco.

—¿Cómo que no es tuyo? Si me lo ha dicho su madre.

—No es mío, mamá, pregúntale a Cayi si no me crees. El bebé es de Nacho.

—¿Otra vez con la estupidez esa del tal Nacho? —dice mi padre dando un manotazo en la mesa que sobresalta a mi madre y a mi hermana.

—No es ninguna estupidez, es el chico del que Cayi está enamorada y se va a casar con él, aunque a sus padres y a ti no os parezca bien —respondo dejando el tenedor en el plato. No quiero seguir comiendo.

—¿Y tú no piensas hacer nada?

—Sí, voy a tomar ejemplo y le voy a pedir al amor de mi vida que se case conmigo.

—¿Minerva? —exclama mi hermana emocionada.

La miro y le guiño un ojo sonriendo.

—¿Cómo que Minerva? ¿Esa quién es? —pregunta mi padre, mosqueado.

Mi hermana le susurra algo a mi madre y esta me pregunta:

—¿Es la chica aquella que estuvo en casa en tu dieciocho cumpleaños?

—¿La hija de la chacha del colegio? —estalla mi padre—. ¿Esa otra vez? ¿No te dejamos bien claro en su momento que no puedes liarte con el servicio?

—¡Ya está bien! No te consiento que desprecies a Minerva y a su madre. Además, tú serás un clasista, pero yo no —le contesto en su mismo tono, señalándolo con el dedo.

—Calmaos, por favor —intenta mediar mi madre sin éxito.

—A mí no me señales y no me hables en ese tono, que no soy uno de tus amigotes —dice mi padre con los ojos a punto de salírsele de las órbitas—. No tienes ni puñetera idea sobre la vida. Todo el día con la tontería del cine, en vez de trabajar de verdad…

—Lo del cine no es ninguna tontería, es mi pasión y la voy a convertir en mi profesión.

—¿Pero tú en qué mundo vives? ¿Cuánta gente consigue ganarse la vida de eso? ¿Tienes la gran suerte de poder heredar un *holding* empresarial solvente y lo vas a rechazar por convertirte en un hippy perroflauta?

—No espero que lo entiendas.

—Ni lo entiendo ni lo apoyo, con mi dinero no cuentes.

—No quiero tu dinero —respondo levantándome de la mesa.

—Ah, ¿no? ¿Y de qué vas a vivir? ¿De hacer hamburguesas? —se ríe con desprecio.

—Prefiero hacer hamburguesas antes que tener tu dinero y renunciar a todo lo que me importa en la vida.

Aprieto los puños intentando controlar mi rabia.

—A ver cuánto duras.

—Parad ya, por favor, que es Nochebuena —interviene mi madre muy nerviosa.

Decido callarme por mi madre, pero estoy decidido a no ceder nunca más a los chantajes de mi padre y a luchar a partir de ahora por las cosas que quiero. La principal de ellas es Minerva. ¿Conseguiré que me escuche y decida darle otra oportunidad a nuestro amor?

CAPÍTULO 22

Jaime

Esto es una alucinación navideña. No me atrevo a creer lo que ven mis ojos y el corazón me late a mil por hora.

Me alegro tanto de que esté aquí. Qué maravillosa casualidad.

Tengo muchas ganas de contarle que ya nada me une a Cayi y nunca más lo hará, y que por fin le he plantado cara a mi padre. Espero hacerla feliz, por fin.

Minerva está sentada en una mesa del Café Comercial, nuestro café, con la mirada triste y perdida. El día de Navidad. Se me parte el alma. Mi impulso es abrazarla, pero no me atrevo. Por fin la veo después de que bloqueara toda comunicación conmigo y no quiero estropearlo de ninguna manera.

Me acerco a la mesa en la que está, pero me quedo de pie a su lado. No me gustaría que se enfadara por sentarme sin haber sido invitado.

—Estaba deseando poder hablar contigo —le digo.

Minerva levanta la cabeza y me mira con esos ojos verdes que adoro.

—Ayer estuve con Cayi y me lo explicó todo.

«Espero que no la haya liado más aún», pienso.

—¿Qué te dijo?

—Que ha vuelto con su ex y que el bebé que espera no es tuyo.

Un gran alivio me invade y siento que quiero a Cayi con todas mis fuerzas, aunque no de la manera que desearía mi padre.

—¿Entonces ya no me odias? ¿Me puedo sentar contigo?

Los segundos que tarda en contestar yo estoy sin aire.

—Bueno, lo de que hayas cogido mi guion sin mi permiso…

—Lo sé, pero es maravilloso, merece ver la luz. Entiendo que te aferres a la seguridad que te da el trabajo en la universidad, pero eso no debería impedirte perseguir tu sueño de ser guionista profesional. No tiene por qué ser incompatible. Además, si alguien se merece vivir de esto, eres tú. Eres muy buena.

—En realidad me ha emocionado que quieras hacer tu trabajo del máster con él.

Aprovecho para sentarme enfrente de ella y cogerle con suavidad las manos.

—Quiero hacer todo contigo. Minerva, eres el amor de mi vida, la única chica de la que he estado realmente enamorado.

Sus ojos se humedecen y a mí se me encoge el corazón.

—Esto es muy difícil para mí —dice con la voz temblorosa.

—Sé que te he fallado muchas veces, pero tienes que confiar en mí. Le he dicho a mi padre que renuncio para siempre al puesto en su empresa y que no volveré a ceder a ninguno de sus chantajes en mi vida. Nada podrá separarnos nunca más.

—¿Qué dices?

—Sí, anoche, al terminar la cena de Nochebuena, me dijo que me tenía que casar con Cayi, aunque su bebé fuera de Nacho y ellos quisieran estar juntos.

—Entiendo que le dijiste que no —interviene Minerva con tono serio.

—Por supuesto, le contesté que no estaba enamorado de Cayi porque lo estaba de ti y que tú eras la única mujer en el mundo con la que me quería casar.

—Jaime...

—También le dije que mi sueño era hacer cine y que lo iba a intentar, con su apoyo o sin él, aunque tuviera que meterme a trabajar en una hamburguesería.

—Todo esto es una locura —replica.

—No, lo tengo muy claro: tú eres el amor de mi vida y quiero hacer cine contigo. Eso es lo que me hace feliz y me llena.

—Todavía hay una parte de mí a la que le cuesta confiar en ti.

Me cambio de sitio y me acomodo, muy pegado a ella, en el sillón.

—Sé que me quieres a mí y no a ese tío. Déjalo y vente conmigo.

—Ya no estoy con él.

—¿Habéis roto?

—Sí, yo también quiero perseguir mis sueños, aunque pueda salir mal.

Suspira y la beso intentando demostrarle todo lo que siento por ella. Quiero que recuerde cómo es un beso cuando te aman de verdad. Pero ella me rechaza y se separa de mí. Parece que besarme es lo último que desea y eso me desgarra por dentro.

—Jaime, esto es muy difícil para mí.

—¿Por qué *difícil*? Sé que me amas como yo a ti, ¿de verdad vas a renunciar a lo nuestro? ¿De verdad quieres pasarte el resto de tu vida negando y acallando tus verdaderos sentimientos? ¿Me vas a decir que no me quieres? No puedes, todo tu cuerpo me demuestra lo contrario.

—Claro que te quiero. Todos estos años he intentado olvidarte y no sentir nada por ti, pero ha sido imposible.

Retiro los rizos cobrizos de su cara en una caricia y la beso. Ella enreda su lengua con la mía demostrándome con su boca todo lo que me acaba de decir. Mi cuerpo pide más. Ojalá pudiera llevarla a mi casa y dedicarme durante horas a complacerla, pero ahora mismo no puedo.

Me separo de ella porque si sigo encendiéndome, ya no me podré apagar.

—Minerva, la vida es de quien se atreve a perseguir sus sueños —le susurro al oído mientras acaricio su cara.

—No sabes cuánto necesito que eso sea verdad.

CAPÍTULO 23

Minerva

De pie ante nuestra mesa hay un tío, que no he visto en mi vida, vestido como un adolescente trasnochado y con cara de despiste. Jaime se levanta para saludarlo y yo lo imito de forma automática, sin saber por qué.

—Checo —le dice Jaime, tomándome de la cintura—, esta es Minerva, la autora del guion.

Ahora sí que alucino del todo. ¿Es Checo Hernández, el productor?

—Encantado, tenía muchas ganas de conocerla.

Checo se quita la gorra mientras se acerca a mí muy sonriente y me estrecha la mano con energía.

—Igualmente —contesto más por educación que por otra cosa, y miro a Jaime con cara de «explícame qué está pasando, por favor».

—Su guion me enamoró, va a ser un auténtico bombazo. Lo veo claro.

Me sigue costando reaccionar cuando Jaime me explica un poco.

—Checo es un amigo de la familia de Borja —«y de Cayi», pienso—, que dirige una de las mejores productoras de Hollywood.

Ahora todo tiene un poco más de sentido, aunque me sigue alucinando tener a un gran productor de la meca del cine ante mí. Abro la boca para decir que sé quién es, pero me da vergüenza y la vuelvo a cerrar.

—Muchas gracias por el cumplido. En Sunrise Productions trabajamos con mimo hasta el último detalle de cada proyecto —responde Checo y, a continuación, me mira a mí mientras señala el sofá y las sillas que rodean la mesa—. ¿Por qué no nos sentamos y les explico más?

Asiento con la cabeza y me acomodo junto a Jaime, que me coge la mano. Me da seguridad tenerlo a mi lado.

—Sí, sobre todo a Minerva, que no sabe nada —dice Jaime.

Entonces, Checo me mira mientras me cuenta:

—Borja me pidió que viera el tráiler de Jaime y le encontré mucho potencial para un largometraje. Lo llamé y quedamos para que pudiera ver el guion. Ya me advirtió de que era suyo —dice señalándome— y no había logrado contactarla para hablarle de mí. Me encantó el manuscrito y, dadas las fechas, decidí venir en persona a devolvérselo y hablar tranquilamente sobre él.

—No es una versión definitiva —señala mi síndrome de la impostora.

—Precisamente, venía a ofrecerle la compra de los derechos de la historia, y un contrato para desarrollar el guion. Tendría un equipo de trabajo y se harían varias revisiones. Si están dispuestos a mudarse a Los Ángeles, les puedo ofrecer a los dos formar parte de la producción ejecutiva de la película.

—¿Y un porcentaje de los beneficios? —pregunta Jaime.

—Sí, claro, podemos negociarlo.

—No me puedo mudar a Los Ángeles y dejar aquí a mi madre sola en la residencia.

Checo se ríe.

—Allá también tenemos residencias para nuestros viejitos, mujer.

—Lo sé, pero son muy caras.

Vuelve a reír.

—Aún no tengo el contrato, ya que antes tengo que hablar con los abogados de la productora. De todos modos, con lo que le ofreceré, no va a ser un problema pagar una residencia para su madre, ni ninguna otra cosa.

La emoción me invade. No estoy acostumbrada a que me pasen cosas buenas, así que a una parte de mí le cuesta creérselo.

—Vamos a brindar por las buenas noticias. —Jaime pide al camarero una botella de *Moët* y se gira hacia mí para abrazarme—. Las *dobles* buenas noticias, dice mirándome a los ojos.

Voy a decir algo, pero un nudo en la garganta me lo impide. Se me escapa una lágrima y Jaime la recoge con el pulgar.

—Espero que esta vez tu llanto sea de alegría y no de tristeza.

Asiento. Jaime baja su mano hasta mi barbilla con una caricia. Toda la piel del cuerpo se me eriza. Se inclina y me besa apretándome contra su cuerpo con la otra mano. Podría morirme ahora mismo y sería feliz.

El camarero llega con la botella de champán y nos sirve tres copas.

—Venga, se acabó el hablar de trabajo, que es Navidad —dice Checo alzando su bebida.

—¡Feliz Navidad! —exclamamos al unísono chocando nuestras copas.

Jaime me abraza y nos fundimos en un beso, símbolo de todo el amor que sentimos el uno por el otro, que llevamos tantos años conteniendo, y que por fin vamos a poder disfrutar.

EPÍLOGO

NAVIDAD DE 2023

Minerva

Un latigazo de placer recorre todo mi cuerpo.

Abro los ojos y miro a Jaime, que desnudo y jadeante, me sonríe en nuestra cama *king size* de Los Ángeles. El sol entra por el gran ventanal de nuestro cuarto y hace que sus ojos se vean más claros y brillantes.

—Cada día me gusta más lo guapa que te pones cuando te corres.

Lo beso muy despacio, disfrutando del sabor de su boca. Él acaricia mis pechos y se me escapa un gemido que hace que, como una respuesta automática, Jaime me agarre con firmeza el culo e intente subirme encima de él.

Aparto sus manos y me zafo de su agarre.

—¿Qué pasa?

—No puedo, me tengo que duchar.

Me levanto de un salto de la cama y me dirijo al baño de nuestro dormitorio.

—Pero si quedan varias horas para la premier —lloriquea.

—Sí, pero tengo que arreglarme y no tengo mucha destreza, así que voy a tardar bastante.

—Tú estás guapa de cualquier manera. —Lo ignoro y abro el grifo de la ducha. Al momento, lo siento detrás de mí cogiéndome de la pelvis y apretándome contra él—. ¿Te ayudo?

—¿No has tenido suficiente?

—De ti nunca tendré suficiente —dice mordisqueándome la oreja, lo que produce un cosquilleo que me baja por la espalda—. Podría pasarme la vida haciéndote el amor.

Mi cuerpo se estremece al oírlo, todavía me cuesta creer todo lo que ha cambiado mi vida en un año.

Recuerdo la Navidad pasada, me desperté con una firme determinación después de haber pasado la tarde anterior en la residencia, hablando con mi madre.

«Tengo que ser feliz, por ella», me dije.

Me puse lo primero que encontré, salí de casa y fui directa al único sitio posible, dadas las circunstancias.

—Minerva, ¿qué haces aquí tan pronto y así vestida?

Gustavo me mira alucinado en la puerta de su casa.

—Vengo a hablar contigo.

—¿Qué pasa? ¿Hay algún problema?

—¿Quién es? —grita la madre de Gustavo desde la cocina de la casa.

—Es Minerva, mamá.

—¿Tan temprano?

—Eso le estoy preguntando.

—Pues ya que está aquí, que pase y me ayude en la cocina.

Gustavo me hace hueco en la puerta para pasar y con un gesto me invita a la cocina.

—No he venido a quedarme —digo, quieta en el descansillo.

—¿Cómo?

—He venido a devolverte el anillo de compromiso de tu abuela.

—¿Por qué? No tenemos que casarnos ya, podemos esperar.

—Mira, Gustavo, me pediste matrimonio en unas circunstancias en las que yo no era libre para expresarme con sinceridad.

—¿Qué dices?

—Tu familia y tú me hicisteis una encerrona.

—¡Qué exagerada eres! Ni que hubiéramos cometido un crimen. Era algo que te iba a hacer feliz, ¿y te pones así porque no te lo he pedido como a ti te gustaría? ¿Y dónde tendría que haberlo hecho?

Utiliza su habitual tono de condescendencia y me arde el cuerpo de la rabia.

—Gustavo —grita la madre—, entrad ya y cerrad la puerta, que se congela la casa.

—Ya vamos —contesta su hijo.

—Mira, no espero que lo entiendas. En realidad, ni siquiera espero que me comprendas. Estoy perdiendo el tiempo.

—¿Qué te pasa hoy que estás tan rara?

Se acerca a mí para cogerme del brazo, pero doy un paso atrás.

—Que me he dado cuenta de que quiero perseguir mis sueños…

—Ah, ¿es esa tontería del guion otra vez?

—Para mí no es ninguna tontería —contesto cerrando los puños con fuerza.

—¿Tú sabes lo difícil que es vivir de eso? Tienes que ser muy bueno.

—¿O sea que no te parezco lo suficientemente buena?

—No es eso, pero si estás conmigo, lo lógico es que te dediques a la enseñanza.

«Tono de condescendencia otra vez, ¿por qué hablo con alguien así?», pienso.

—No quiero estar contigo ni que tu familia me coloque a dedo en la universidad.

—Ah, ¿no? ¿Y qué vas a hacer entonces sin nosotros a tu lado?

—Ser feliz.

Le pongo el anillo en la mano, me doy media vuelta y me marcho por las escaleras.

El timbre de casa me saca de mi ensoñación. Será la hermana de Jaime, hemos quedado con ella y con Checo aquí para ir juntos al estreno.

Me cuelgo el bolso y bajo corriendo para saludarla.

Jaime está abriendo la puerta, preparado para irnos. Lleva esmoquin, tal como corresponde a la ocasión, y está más guapo que de costumbre, si eso es posible.

—Mamá, papá, ¿qué hacéis aquí?

—Hijo… —contesta emocionada la madre, muy elegante con un traje de tweed de Chanel.

Abraza a Jaime mientras el padre permanece quieto en la puerta, aparentemente incómodo con la muestra pública de afecto.

—Yo también me alegro de verte, hermanito.

Catalina, la hermana de Jaime, se abre paso entre su familia, cargada con varias maletas.

—Ya la ayudo —aparece Checo por detrás para liberarla del peso.

—Muchas gracias, caballero —le dice colocándose la larga y abundante melena rubia en un gesto de coqueteo intencionado. Él la mira con una gran sonrisa—. Vamos dentro para dejar las cosas.

—¿Seguro que no sois una alucinación de la Navidad del pasado? —Jaime mira a su madre porque su hermana está subiendo a los dormitorios con Checo detrás de ella.

—No queríamos volver a pasar estas fechas sin ti —le contesta—. ¿De qué nos sirve todo lo que tenemos si no estamos toda la familia junta el día de Navidad?

—Minerva también es mi familia y no voy a perderla por vosotros. Ya lo dejé bien claro: no voy a renunciar ni al amor de mi vida ni al trabajo de mis sueños por nada ni por nadie nunca más.

—No vamos a pedirte eso, al contrario. Tu hermana nos avisó de que hoy se estrenaba vuestra película y decidimos venir para demostraros que tenéis nuestro apoyo. —El padre de Jaime entra en escena por primera vez desde que han llegado. Su tono es grave y serio—. No se me da bien hablar de mis sentimientos, pero yo te quiero, hijo, y perderte ha sido lo más duro que me ha pasado en la vida. Si tan claro lo tienes, estaré a tu lado en lo que haga falta, aunque no lo entienda y no sea el futuro que yo había forjado para ti.

La madre interrumpe a su marido con un carraspeo para que no siga hablando y no termine estropeándolo todo de nuevo.

—Lo único que nos importa es que seas feliz, cariño. Y Minerva parece una chica encantadora. —Me mira y me sonríe con unos dientes más blancos que la nieve.

—E inteligente —continúa la hermana bajando las escaleras—. Lo que no se entiende es qué ha visto en mi hermano.

—Yo también te quiero, simpática —le contesta Jaime pasándole un brazo por los hombros para sujetarla y despeinarla con la otra mano.

—Quita, idiota. —Le da un pellizco en el costado y él se aparta riéndose. Ella me mira fingiendo seriedad—. Minerva, tú eres mi hermana, pero Jaime, no.

—Los espero en el auto —dice Checo.

—Tú eres el productor amigo de la familia de Borja, ¿no? —pregunta el padre.

—Para servirle, señor, encantado.

Checo le ofrece su mano y este se la estrecha, afable.

—Sí —dice Jaime—, es con quien estamos trabajando aquí, en Los Ángeles.

—Y por muchos años—remata Checo.

El padre de Jaime se acerca a su hija y le pone la mano en el hombro.

—Ahora sí que debes asumir el control de nuestro *holding*. Y eso supone volver a Madrid el próximo verano, según termines tus estudios. ¿Estás dispuesta?

—Papá, que vivimos en pleno siglo XXI, no hace falta ir de manera presencial a la oficina para trabajar —se queja la hermana y todos nos reímos.

—¿Entonces, se vienen todos a la *premiere*? —pregunta Checo.

—Si Jaime nos acepta… —contesta la madre.

—Por supuesto, nada me haría más feliz que el que estén allí todas las personas importantes de mi vida.

Jaime me mira y me guiña un ojo, sonriendo.

—Mamá, vengo a despedirme de ti.

Ella sigue mirando el jardín a través de la ventana de su dormitorio, en la planta baja, como si nadie le hubiera hablado.

—Venga, vamos a la cama ya. —La enfermera que la cuida en casa la coge con suavidad del brazo.

Se me escapa una lágrima, me da tanta pena que no pueda celebrar conmigo todas las cosas bonitas que me han pasado en este último año.

Me acerco a darle un beso y le digo:

—Me voy al estreno de la película que han hecho con mi guion. —Me mira confusa—. Todo lo que tengo hoy es gracias a ti, porque tú me animaste a que buscara mi felicidad. Y he encontrado mucha más de la que nunca hubiera podido soñar.

—Cariño, nos tenemos que marchar ya —me dice Jaime desde la puerta de la habitación con un tono dulce.

—¿Este chico tan guapo quién es? —pregunta mi madre—. Me gusta mucho para ti, me recuerda a tu padre. Te mira con el mismo amor que él a mí.

—Es mi novio —le contesto acercándome a Jaime y agarrándolo por la cintura.

—¿En serio? Se lo ve muy enamorado.

—Su hija es el amor de mi vida y la voy a querer siempre.

Todos los días le dice lo mismo a mi madre, con toda la paciencia del mundo, como si lo hiciera por primera vez.

A continuación, Jaime me abraza y nos enredamos en uno de los tantos besos de amor que nos damos desde que volvimos para no separarnos más.

Gracias por leer esta novela.
Si te ha gustado, puedes ayudarme a difundirla
dejando una reseña en Amazon.

Escaneando este código QR con tu móvil puedes
acceder directamente a la valoración.

Esta novela tiene banda sonora.
Escucha su playlist en Spotify.

Nos vemos en redes:
Instagram: @irene_moyaa
Tiktok: @irene.moyaangeler

AGRADECIMIENTOS

En el mundo de las letras he tenido la suerte de conocer a mucha gente maravillosa que me ha apoyado de manera desinteresada.

La primera de ellas, mi socia y compañera de locuras: María Ferrer Payeras. Me aguanta que la interrumpa hablándole de mil temas a la vez y a todo me dice que sí, como si yo tuviera buenas ideas, en lugar de idas de cabeza. En este proceso de escritura yo tenía tanto miedo que me ha llevado en brazos casi todo el tiempo. Me ha escuchado hasta la saciedad, me ha dicho miles de veces que la novela era buena, me ha ayudado con la edición del texto, me ha dado ideas geniales…

Aitana Sánchez Blanco también le ha dado miles de vueltas a la trama conmigo, a los personajes… y ha hecho aportaciones geniales como profesional del cine.

Por otro lado, Cora King, además de ayudarme con las ideas y la trama, ha hecho una corrección impecable de la novela, que la ha terminado de dejar preciosa.

Mis lectoras cero, Marisa Gallen @lecturasmapita, las Teresas de @secuestradorasdelibros: Teresa Gámez @leerconthea, Teresa Gutiérrez @loslibrosdetess, y Jessica Danvers, son otras grandes responsables de lo bonita que ha quedado la novela. Hicieron suya esta historia y la convirtieron en magia.

De ellas, Teresa Gámez es, además, mi asesora de musos por privado y en el grupo de Telegram de la Comunidad Romántica. Allí nos alegra las mañanas con sus egun on.

A todas las chicas (y chico) que forman parte de la Comunidad podría escribirles páginas enteras de agradecimiento y me quedaría corta. Son una de las mejores cosas que me han pasado en la vida y me hacen feliz cada día. Además, son ese refugio seguro en el que esconderse cuando la vida se pone seria. Me encanta cuando hablamos por privado y estrechamos lazos, cuando creamos subgrupos para hablar de cosas navideñas en septiembre, cuando Irene @ladyromanticbook nos gruñe, pero siempre está ahí apoyando en todo…

De ahí salen cada dos por tres otros pequeños grupos que son geniales para, por ejemplo, comentar la última novela, serie o película que nos ha enamorado.

Uno de ellos se creó para animarnos a escribir y de ahí salió la idea de la novela navideña. Adriana LS

Swift, como gran amante de esas fechas, nos metió a casi todas el gusanillo y nos enseñó, con toda la generosidad del mundo, todo lo que sabía sobre el tema.

No puedo dejar de nombrar a Akara Wind, Ygritte Berlana, Angels Alemany, Desirée Ruiz y Victoria Fortún, que forman parte de ese pequeño grupo y contestan cada día un montón de preguntas de escritora novata con una paciencia infinita.

Otra persona importantísima en la creación de esta novela es el gran maestro José de la Rosa. La escribí en su Máster de Escritor Profesional de Novela Romántica y resolvió mis miles de dudas con toda la profesionalidad, sabiduría y cariño que lo caracterizan.

También me ayudó con los primeros capítulos Mimmi Kass, ya que me tutorizaba la novela en el máster. Fue un privilegio al que no le saqué todo el partido que debería, a pesar de que ella me lo dijo en más de una ocasión.

No quiero olvidarme de las escritoras y bookstagrammers que me han ofrecido apoyo con la promoción de la novela antes incluso de que la hubiera terminado: Ivette Chardis y Mónica Linares, @tammy_y_ali, Angels Alemany, Raquel Attard y Lola @siempreleyendoydesconectando.

Otra persona muy importante en la novela es @lecturasdemaggie, ya que ella inspiró el personaje secundario que lleva su nombre.

También quiero dar las gracias a @antonella_en_letras por todos los consejos que me da y por haberse convertido en una de mis personas de confianza, cuando pensaba que eso ya no iba a volver a sucederme.

Por supuesto, sin mi pequeña familia numerosa esto no habría sido posible. A ellos les robo horas para dárselas a la literatura, les pido que no me hablen mientras escribo, aunque los esté mirando fijamente, escuchan todas mis tramas fascinadas y jamás dudan de que yo pueda conseguirlo. Teniéndolos a mi lado es muy fácil soñar.

Por último y, sobre todo, a ti que has leído mi historia hasta el final y te has emocionado con ella. Por ti tiene sentido publicar mis novelas. Espero que sigas leyéndome y reseñándome en Amazon.